Urs Faes

Der Traum vom Leben
Erzählungen

Lenos Verlag

Band 29 der Reihe Litprint
Lenos Verlag, Basel

Copyright 1984 by Lenos Verlag, Basel
Alle Rechte vorbehalten
Satz und Gestaltung: Lenos Verlag, Basel
Umschlag: Konrad Bruckmann
Printed in Germany
ISBN 3 85787 126 1

„Der Traum, den du dir vom Leben gemacht hast, raubt dir das Leben."

Robert Walser

für Toni

Inhalt

Rückreise   11

Der Tag wie die Nacht   55

Wenn Vater kommt   65

Der Sturz   85

Besuch bei Marlene   107

Nichts als Liebe   123

Rückreise

I

Sie war gleich gefahren. Mutters Stimme hatte nicht besorgt getönt, ein wenig beunruhigt vielleicht, nicht aufgeregt oder verängstigt. Die Operation war gut verlaufen, ganz zur Zufriedenheit der Ärzte, eine kleine Komplikation danach, nicht ungewöhnlich. Das käme oft vor, hätten die Ärzte gesagt, besonders bei älteren Leuten, Vater war ja schon 62. Mutter war zurückhaltend, offensichtlich bemüht, nichts zu dramatisieren; aber etwas in ihrer Stimme machte Claire nachdenklich.
Sie hatte gezaudert, einige Augenblicke, an die lange Reise gedacht. Dann sah sie Mutters Gesicht vor sich und, als hätte ihr der Gedanke einen Stoss versetzt, hatte sie rasch den Koffer gepackt, sich die Züge herausgeschrieben und war dann noch einmal ans Meer gegangen, mit blossen Füssen den Strand entlang, ein warmer Sommerabend, das Meer ruhig, ein helles, durchsichtiges Blau. Sie hatte Vater noch besuchen wollen, bevor sie in den Süden gefahren war. Doch Mutter hatte abgeraten. Vater wür-

de bloss beunruhigt sein, wenn sie jetzt die weite Strecke herkäme, ihr Besuch würde der Operation eine Bedeutung geben, die sie nicht hatte. Sie solle lieber gleich in den Süden fahren und dann herkommen.
Sie setzte sich in den Sand, zog die Knie an, legte den weiten Jupe darüber, schaufelte Sand über die Füsse. Ein leichter Wind wehte vom Meer, salzig, trocken; draussen blinkte der Leuchtturm. Sie war froh gewesen, dass sie nach Semesterende gleich fahren konnte und nicht mehr den Umweg nach Graz machen musste. Seit sie in Bologna lebte, hatte sie die Eltern zweimal besucht, die Gespräche mit ihnen waren ihr nicht leicht gefallen, sie hatte viel von ihrem Alltag erzählt, dem Umgang mit den italienischen Studenten, dem Fortgang ihrer Forschungsarbeit. Vater hatte aufmerksam zugehört, wenig gefragt. Er hatte ihren Weggang aus der Heimat, wie er es nannte, nie gebilligt, ihn als persönliche Kränkung empfunden, obwohl auch er den Lehrauftrag als einmalige Chance angesehen hatte. Ausgerechnet ins rote Bologna, hatte er damals gesagt. Und auch jetzt interessierte ihn wenig, was sie erzählte, als sei sie längst abgeschrieben für ihn. Sie hatte den Besuch vorzeitig abgebrochen, froh darüber, den Kongress in Salzburg, wo sie einen Vortrag zu halten hatte, vorschützen zu können.

Der Wind war jetzt kühler, die Dämmerung ging rasch in die Nacht über, fiel als weiche Decke vom Hügel über die Häuser, den Strand, das Meer. Langsam schritt sie über den warmen Sand, sah die Boote draussen, hörte die Grillen. Luigi stand an der Bar, füllte ihr das Glas. Der kleine Enzo bat um eine Flipperpartie. Ein andermal, Enzo, sagte sie, trank den kühlen Wein in raschen Schlucken; und aus dem Wurlitzer, zum tausendstenmal wohl, das Lied dieses Sommers: Righeiras Vamos alla Playa.

Gleichmässig fuhr der Zug in die sommerliche Landschaft hinein, weite Felder, Getreide, tiefgelb, voll und schwer die reifen Körner auf den dürren Halmen, bleich noch die Sonne, ohne Kraft, Wolkenschlieren als grauer Saum am Horizont: Frühlicht. Oft war sie zuhause früh aufgestanden, durch das Dorf gegangen, ein kleines Dorf mit Riegelhäusern und einem Brunnen. Ein Dorf, sagte Vater immer, in dem die Zeit stillgestanden ist, wie es Stifter noch erlebt haben dürfte. Vater liebte Stifter. Und Josef Roth. Nach dem Krieg hatte sich Vater in der Nähe von Graz niedergelassen, eine Getränkehandlung aufgemacht, dann hatte er geheiratet. Was würde über dies Leben sonst zu sagen sein? Zwei Jahre Krieg, Ostfront, Gefangenschaft, die Rückkehr: ein europäisches Leben wie es viele gab. Vater sprach nie vom

Krieg, nie von den Nazis, deren Machtergreifung er als Jugendlicher erlebt hatte, den Anschluss Österreichs ans Grossdeutsche Reich. Das war für ihn vorbei, endgültig. Nur dass Österreich jetzt so klein geworden war, für immer und ewig, das bedauerte er. Für immer und ewig. Er liebte Josef Roth: Die Büste des Kaisers und den Radetzkymarsch. Austria erit in orbe ultima. Der Satz vom Grazer Aegidiusdom, der hing auch über seinem Schreibtisch.
Manchmal war Vater schon aufgestanden, wenn sie einen dieser Frühspaziergänge machte, sie hörte ihn im Lagerschuppen mit Harassen hantieren, die Lieferung bereitstellen, sie schlich sich an ihm vorbei, weil sie seine Fragen fürchtete.
In den letzten Wochen war ihre Analyse fast immer um den Vater gekreist. Ja, seinetwegen war sie aus Österreich weggezogen, nur seinetwegen. Das hatte er gespürt, obwohl sie nie darüber gesprochen hatten. Wozu auch. Ihre Gespräche hatten sich verloren, als sie mit Carlos lebte. Damals war sie achtzehn gewesen, hatte Abitur gemacht und war nach Wien gegangen. Als sie in der Analyse einmal den Vater beschreiben sollte, rein äusserlich, seine Gestalt, sein Gesicht, seine Hände, da hatte sie gestockt, kein Wort herausgebracht, nicht einmal Tränen. Und das Schweigen hatte bis zum Ende der Analysestunde gedauert.

Sie liess sich in den Sitz zurücksinken, schloss die Augen, hörte das gleichmässige Scheppern des Zuges, der in die Landschaft hineinraste: Unterwegssein, Distanz gewinnen, irgendwo ankommen, in einer fremden Stadt. Sie reiste gern mit dem Zug, hatte sich an lange Bahnfahrten gewöhnt. Schon als Kind hatte sie solche Reisen geliebt, jeden Sommer die Fahrt in die Salzburger Alpen, zur Schwester der Mutter, die Bäuerin war und sechs Kinder hatte.
In 27 Stunden würde sie in Graz sein und mit Mutter gleich ins Spital fahren. Ihre Schritte würden durch den langen Korridor hallen, bis zu Vaters Zimmer auf der Intensivstation, Mutter würde flüstern, allerlei Kleinigkeiten noch erwähnen, Unwichtiges, unzusammenhängend und wirr. Dann vor der Tür, das leise Anklopfen, öffnen, hineingehen, Mutter würde vorangehen, ans Bett treten, sogleich dies und jenes tun: sein Pyjama zurechtmachen, sein Haar ordnen, die Decke glattstreichen, die Gläser auf dem Nachttischchen in eine bestimmte Anordnung schieben, am Fenster die Storen ein wenig hinaufziehen oder herunterlassen. Und sie, Claire, würde erst unten am Bett stehen, Mutter machen lassen, dann zu ihm hintreten, seine Hand suchen. Würde sie ihn küssen, oder würde sie zögern? Vater und sie hatten sich lange nicht mehr geküsst. Irgendeinmal hatte das aufgehört. Dann sässen

sie beide, Mutter und sie, zur Rechten und zur Linken, und Vater läge in der Mitte. Sie würden sich ansehen, nach Worten suchen, Vater würde nicht viel sprechen können, zu müde von der Operation, geschwächt, blass würde er sein im Gesicht. Vater war nie krank gewesen, hatte für Ärzte nicht viel übrig gehabt.
Einmal hatte sie Vater geschrieben aus Italien, schon die Anrede war ihr schwer gefallen. Lieber Vater, wie fremd das klang, irgendwie unangemessen, die übliche Formel, sie wusste es, alle verwendeten sie, warum sollte es ihr nicht auch gelingen?
Warum fuhr sie überhaupt nachhause, was sollte sie ihm sagen? Eben hatte sie sich eingelebt, tief im Süden: hatte es genossen, in Urlaub zu fahren. Sie war aufgebrochen, anders als sonst, ohne Ziel eigentlich, und was draussen war, blieb belanglos, schon auf der Hinfahrt, das Meer entlang; wie zufällig sah sie manchmal hinaus, verlassene Strände, mal eine Stadt, der Blick in einen dieser schmutzigen Hinterhöfe, wie sie für den Süden typisch waren, baumelnde Wäsche an den Leinen, Unrathaufen, quengelnde und schreiende Kinder, mal ein Bahnhof, in dem der Zug länger als üblich stehen blieb, ein Eisverkäufer, der, laut schreiend, den Zug entlangschritt, mal der Blick in die Berge, die in diesem durchsichtigen südlichen Dunst lagen, ausgebrannt die Erde, staubig trocken,

Gelb- und Grautöne, die vorherrschten, steinig und hart der Boden.
Wie zufällige Fetzen nahm sie all diese Äusserlichkeiten wahr, halbe Bilder, die nicht zählten, auch die Menschen nicht, die im Abteil sassen oder lagen oder draussen standen im schmalen Gang, die Ellbogen auf die geöffneten Fenster aufgestützt in die Landschaft hinausstarrten, fremde, südliche Gesichter, dunkel und unbeweglich.
Wichtig schien ihr nur, unterwegs zu sein auf diesen Gleisen, die in der Hitze flimmerten, den warmen Fahrtwind im Haar und auf der Haut zu spüren, die Räder zu hören mit ihrem rhythmischen Takt, der einschläferte und die Gewissheit gab, fortgetragen zu werden.
Und manchmal, wie ein Traum, der den Halbschlaf zerbricht, dies Gefühl, etwas sei in Bewegung gekommen, du hörst es doch, etwas, was da spricht, leise, als wollte es dich nicht stören, wie ein sanftes Licht, das langsam über den Hügel kommt, in die Ebene einfällt, sie glänzen macht, aufscheint an den Hecken und den Gräsern.
Immer wieder, während sie der Zug nach Süden trug, war es da, dies Gefühl, und die Ahnung, die Fahrt könnte länger dauern, Jahre vielleicht, oder Jahrzehnte, als hätte sie der Fahrtrhythmus ganz ergriffen, hätte sich mit ihrem Pulsschlag vermischt.

Und die Gesichter, die sie in Bologna zurückgelassen hatte, waren weit weg; Luftblasen, die zerplatzen, zerstieben im Fahrtwind. Angelo, sein Name zerfloss, war nicht mehr auszusprechen, sie konnte sich kaum mehr sein Gesicht vorstellen. Und Pierre, was war mit ihm? Sie hatte sich Klarheit gewünscht. Und jetzt war da bloss eine Kruste, die aufbricht und den Blick freigibt, auf die flüssige Masse darunter: zischend, glühend, funkensprühend.

Vater war krank, vielleicht sogar schwer, Mutter hatte das Wort nicht ausgesprochen, bloss angedeutet. Vater hatte die Operation lange hinausgeschoben, seine Kräfte hatten schon nachgelassen, als sie nach Bologna gefahren war. Den Leberschaden hatte er sich selber zuzuschreiben, das wusste er. Ein Trinker wie Josef Roth: das hatte ihm geschmeichelt. Als Kind war sie manchmal mitgefahren, wenn er seinen Lieferdienst machte. Gasthäuser, die sie besuchten. Vater buckelte die Harassen in den Keller, enge Treppenhäuser, niedrige Kellerräume, kühl und muffig, Vater kam ins Schwitzen vom Tragen. Der anschliessende Trank am Stammtisch war ihm zu gönnen, ein Bier zuerst, dann einen Zweier, sie sass da, achtete nicht darauf, wieviel Vater trank, seine Stimme wurde lauter, seine Witze derber, seine Anspielungen direkter. Immer diese Gesichter, die ihr

so gross vorkamen, oft unrasiert, durchfurcht, die Haut rissig, breite Nasenlöcher, Augen, die sie fixierten, durchbohrten, in ihr Innerstes eindrangen, sich festwühlten, sodass sie rasch den Blick niederschlug, wie sie es heute noch tat, wenn ein Mann sie lange ansah und sie wieder diese Angst aufsteigen fühlte, dieser feuchte kalte Schauer, der sich einfrass, sie stumm werden liess, jede Äusserung, jede Geste verhinderte.
Stammtischmänner: Ellbogen, die schwer auf dem Tisch lagen, Hände, die das Bierglas umklammerten wie einen Besitz, ein sabberndes Grinsen, Bierschaum, der an Ober- und Unterlippen hängenblieb, mit der Zunge abgeleckt wurde, eine Hand, die plötzlich ihren Schenkel streifte, die feuchte rauhe Innenfläche einer Männerhand auf ihrem Knie, die diesen Ekel auslöste. Giganten, hatte sie immer gedacht als Kind, seelenlose Ungeheuer aus einer andern Welt, vor denen es keine Zuflucht gab.
Und Vater, der da mittat, einer der lautesten in der Runde war, der sich nicht zum Aufbrechen bewegen liess, ihre Angst nicht wahrnahm, ihre unterdrückten, hinabgewürgten Tränen nicht zu sehen vermochte, nicht auf ihre bittende Stimme hörte.
Jetzt lag Vater im Spital, vielleicht im Sterben. Bald würde sie da sein, in sein Gesicht sehen, in seine Augen, die vielleicht schon trüb, blicklos

sein würden, die Pupillen gross, geweitet, verdreht; aufgequollen die kleinen roten Äderchen im Weiss: seine grossen drohenden Augen.

Der Zug hielt an. Neapel. Schwarzglänzend der Bahnsteig, schmucklos grau das Bahnhofsgebäude, die Aufschrift Napoli. La mia bella Napoli von Ruedi Schuricke, eine Schallplatte aus Vaters Sammlung, eine der alten, zerbrechlichen 78-Touren-Platten, die Vater auf dem Grammo spielte, das er kurz nach dem Krieg erworben hatte. Musikhören, mein erster Schritt zurück in die Zivilisation, pflegte er über diesen Kauf zu sagen. Das Grammo behielt auch später, als es durch ein neues ersetzt wurde, seinen Ehrenplatz. Und ebenso sorgsam hütete Vater seine alten Platten aus dieser Zeit: Lieder von Ruedi Schuricke, Ausschnitte aus Opern von Puccini und Verdi, der Vetter aus Dingsda, aber auch die Försterliesl, Der arme Gondoliere, Die Nächte von Napoli.
Wehmütige Verse, die damals für sie alle Sehnsüchte und Träume enthalten hatten, erst später hatte sie vom Schmutz und Elend Neapels gelesen.
Menschengedränge draussen auf dem Bahnsteig, die Schreie der Limonadenverkäufer, ein unverständliches Gebrabbel aus dem Lautsprecher; Carabinieri, die sich lässig an die Stützpfeiler lehnten, glänzend das dunkle Metall ih-

rer Pistolen; Menschen, die in den Zug drängten, mit Koffern und Kartonschachteln auf das hohe Trittbrett kletterten und dann langsam sich im schmalen Gang vorwärts schoben, die Koffer voraus. Die Hitze im Abteil wurde drückend. Claire stand auf, schob den Kopf durch das geöffnete Fenster, dieser unverwechselbare Geruch italienischer Bahnhöfe, ein Geruch von Dampf und Öl, die auf und abebbenden Geräusche, das Schnattern der Anzeigetafeln, der langsam dahinfliessende Menschenstrom, die Espressotrinker an der Stehbar.

Früher war Claire beinahe verzweifelt, wenn sie sich auf diesen Bahnhöfen zurechtfinden sollte; seit sie in Italien lebte, war wenigstens das kein Problem mehr. Zwei Reisende, junge Männer mit Koffern, machten sich im Abteil breit.

Claire setzte sich, schloss die Augen, in etwa zwei Stunden würde sie in Rom sein und alles, was sie bei der Abreise zurückgelassen hatte, würde wieder näher rücken, wieder da sein, weggewischt dieser südliche Traum, die Reise, die alles hatte zerstieben lassen, und doch, das spürte sie, die alten Dinge, auch wenn sie jetzt näher rückten, bekamen nicht wieder das gleiche Gewicht. Sie fühlte sich leichter, gelöster, als würde der Zauber weiterwirken, die Ruhe des Meeres, die, wie sie einer Freundin geschrieben hatte, über sie gekommen sei. Wenig

Touristen hatte es in dem Dorf, wo ihre lange Fahrt in den Süden ein Ende gefunden und wo sie sich nie als Fremde gefühlt hatte, als Reisende vielleicht, denn das Gefühl des Unterwegsseins hielt in dem kleinen Dorf an, durch das sie manchmal ging am späten Nachmittag, sich in ein Café setzte und auf die Strasse schaute, alte Frauen in schwarzen Kleidern, die auf dem Gehsteig sassen, im Schatten einer Palme. Gesichter wie Landschaften, dachte sie, tiefgebräunt von der sizilianischen Sonne, das weisse Haar aufgeknotet; unbeweglich sassen sie in der Hitze, ein warmer Wind wehte vom Meer, und Claire dachte an all das, was hinter ihr lag, wie an alte Bilder auf verwaschenen Tüchern. Und sie folgte den Strahlen der Sonne, die schon flach über den Dächern lag, dem Dunst, der als feine Folie sich über die Hügel zog. Wünsche, dachte sie, müssten manchmal greifbar werden, sich niederschlagen am Glas, Spiegelungen, heiss und klar, eine Silhouette mit scharfen Formen über der ausgeglühten Landschaft.

Diese Reise, das spürte sie, führte zurück: ins Haus in der Steiermark, das sie schon lange verlassen hatte, das noch lebendig war in Bildern, Farben, Gerüchen, Stimmungen; das einfallende Licht im Fenster ihres Zimmers und das Rauschen des Flusses und, immer gross, das Bild des Vaters. Und sie durchschritt das frem-

de Dorf wie ihr eigenes Land, ein vertrautes Gelände, in dem sie alles wieder erkannte, was sie verlassen hatte. Hier in Sizilien erwachte all das wieder: sie ging an Mutters Hand durch das Dorf in den kleinen Feinkostladen, wo Mutter alles kaufte, was sie brauchte. Mutter, die immer still war, ein ernstes Gesicht, selten ein Lachen, kleine Wangengrübchen, breit die Stirn unter dem aufgeknoteten Haar, das ihr etwas Strenges gab, etwas Unnahbares vielleicht. Mit Leichtigkeit hatte sie in der Analyse Mutter beschreiben können, ihre schlanke Gestalt, der weisse Teint, die blassen Hände, die oft, auch tagsüber, zum Gebet sich falteten. Mutters stille Frömmigkeit. Und Mutters schöner Körper mit den runden kräftigen Brüsten, ein Körper, der voll Leben schien und voller Sinnlichkeit und doch immer im Widerspruch gestanden hatte zu Mutters moralischer Strenge. Für sie war er eine Frucht geblieben, hatte Claire manchmal gedacht, deren Süsse sie nie ausgekostet hatte. Es schien, als würde eine Glut in ihr brennen, gegen die sie unentwegt ankämpfen und sie mit ihren Gebeten ersticken müsste. Unbeirrt durch Vaters Sprüche ging Mutter am Sonntag zur Kirche, strickte jedes Jahr für den Missionsbasar, hielt sich streng an die Fastenzeit.
Bilder aus ihren Kindertagen, wie Seiten in einem Fotoalbum, in dem man lange nicht mehr

geblättert hat. Und kein Schmerz war in den Bildern, viel eher das Gefühl des Wiederfindens von lange Verlorenem. Claire wehrte sich nicht dagegen, liess die Bilder zu, als hätte sie darauf gewartet.

Sie fühlte sich wohl in dem Dorf, der lange Strand war meistens leer, wenig Menschen, sie konnte spazieren, über den heissen Sand gehen, das schmale Gelände zwischen Meer und Hügelstrasse wie das Gelände der Kindheit, früh musste es ausgetrocknet sein, von hellem Gelb der Sand, wie Staub, mehlig trocken, von Teerklumpen durchsetzt, von Scherben; Pappkartonreste, die vom Wasser aufgedunsen waren, Plastikbeutel; sie, Claire, allein, das einsame Kind, das Angst hatte vor den Gegenständen, die zu Tieren wurden, die Mutter nicht da, der Vater nicht, sie allein im Sand, die kleinen Füsse brannten, angeschwollen die Gelenke, Schreie, und niemand, der antwortete: das leere Elternhaus.

Später die schmale Uferstrasse, da musste sie als Fünfjährige gegangen sein, barfuss und allein, der Asphalt brannte unter den Sohlen, eine Tasche trug sie in der Hand, war unterwegs nach dem nah scheinenden Zitronenhain: Schatten musste dort sein, der warme süsse Duft reifer Früchte. Doch sie kam nicht voran, die Füsse klebten am Asphalt fest, nur Vater hätte ihr helfen können, seine kräftigen Arme, die sie über die Strasse getragen hätten. Sie trug ihr kurzes weisses Hemdchen, das schmutzig war, leicht zerrissen, gebauscht vom Wind. Und jahrelang war sie auf dieser Uferstrasse geblieben, dann endlich das Dickicht vor dem Hain, steppenartig verholztes Baum- und Strauchzeug, dornig, wuchernd, kein Licht, das durchfiel, die Stämme dämonisch verzerrte Fratzen. Und überall diese schattenhaften Gestalten, die herumhüpften, ein leises Rascheln, bald vor, bald hinter ihr. Und die Früchte im nahen Hain waren längst geerntet, der Duft verflogen, die Blätter abgefallen; und es blieb nur noch der Hügel, steil und trocken war er, von Steinen durchsetzt, vereinzelten Hecken, Macchia, eine Zypresse manchmal, ausgefranstes Grün, wie Scherenschnitte vor dem Blau des Himmels, und weit oben das Kastell, brüchige Mauern, die lockten, als müsse es da zu finden sein, das, was sie immer gesucht hatte.

Und wenn sie so schritt, diesen Bildern sich ergab, nicht wusste, waren es gegenwärtige oder vergangene, dachte sie, dass diese Reise auch gefährlich werden könnte, unaufhaltsam, immer weiter in die flirrende Hitze hinein, ins Innere der Bilder, die flimmerten wie flüssiges Glas; mit dem Brennen unter den Sohlen diese lange Strasse hinunter, den Gleisen nach, manchmal das verhaltene Gesicht einer Frau, die strengen Züge eines Mannes; Gesichter, wie

das milde Abendlicht in den Hügeln, ein Blau, milchig fast, weich und zerfliessend, Menschen, die sie vergessen hatte.
Und sie war froh, wenn sie zurückkehrte vom Strand, den Wirt auf der Schwelle sitzen zu sehen, um ihn seine Kinder, fünf oder sechs, Knaben und Mädchen, schöne Kinder, dunkel alle, mit grossen schwarzen Augen. Und sie winkten ihr zu, wenn sie sie kommen sahen, der Alte rappelte sich hoch, holte ihr ein Lemonsoda, stellte ein paar von diesen Teigrollen daneben, die sie Cannoli nannten, sie waren mit kandierten Früchten, Ricotta und kleinen Schokoladenstücken gefüllt und von einer eindringlichen schweren Süsse. Claire setzte sich zu den Kindern, war froh um diese Wirklichkeit, ein kleiner Halt auf der Reise, eine kurze Ankunft, und sie kaute die Cannoli, liess ihre herbe Süsse auf der Zunge schmelzen wie ein kostbares Kleinod, dessen Geschmack lange nachwirkt. Und manchmal spielte sie mit Andrea, dem ältesten Knaben, eine Runde am Flipperkasten, oder sie spielten Tischfussball, bei dem auch die jüngeren mittun konnten, sie gab ihnen Geld für den Musikautomaten, ein alter Wurlitzer, viel zu laut, und die Kinder wählten die gängigsten Titel der Hitparade: Franco Battiatos Cuccurucu, Matia Bazars Il Tempo del Sole.
Sie nahm diese Lieder auf, ohne sich Gedanken über den Inhalt zu machen, die Freunde im In-

stitut hätten geschnödet, schon ihre Begeisterung für Alice Visconti ging ihnen zu weit. Und hier gefielen ihr sogar diese einfachen Schlager, sie passten zu Wein und Sonne, waren Teil dessen, was sie hier an Ganzheit erfuhr, was ihr Kraft gab. Und sie freute sich, wenn der kleine Enzo, eben sechsjährig geworden, die Melodie M'innamoro di te von Ricchi e Poveri mitsummte; andächtig stand er am Wurlitzer, die abstehenden Ohren leuchteten rot, er hielt sich mit beiden Händen am Gitter fest, das wie eine Kühlerhaube den Vorderteil des Apparates schützend umgab. Und Enzo schlug mit dem einen Fuss den Takt und sprach die Worte mit: M'innamoro di te anche si non vuoi ...
Ja, sie fühlte sich gut in Sizilien, Belästigungen, die man ihr vorausgesagt hatte, war sie nicht ausgesetzt. Freunde im Institut hatten sie davor gewarnt, als Frau allein in den Süden zu fahren, und ausgerechnet nach Sizilien. Doch sie hatte sich nicht abhalten lassen. Carla, die italienische Sekretärin, hatte ihr den Ort angegeben, seine Abgeschiedenheit gelobt: Lì si trovano solo nativi, hatte Carla gesagt, personi gentili che non sono ancora rovinale dal turismo, veri e propri Siciliani. Carla hatte recht behalten, Claire fühlte sich gut, hatte manchmal gar das Gefühl, man beschütze sie. Ein Zufall, dass der Wirt der kleinen Pension lange als Gastarbeiter in Deutschland gelebt hatte; jetzt war er stolz,

vorzeigen zu können, wie er das gesparte Geld angelegt hatte. Er kochte ausgezeichnet, immer sizilianische Spezialitäten, die bekannten Arancine, aus Reis, Eiern, Käse, auch Caponata, die er mit viel Knoblauch würzte; sie lernte den rostroten Tischwein kennen, gewöhnte sich an Fischspezialitäten wie die Bottarga di Tonno und die verschiedenen Zubereitungsarten von Schwertfisch.

Sie ass viel, legte ein paar Kilo zu, ohne sich deswegen Sorgen zu machen. Alfredos kleine Gartenwirtschaft wirkte improvisiert, ein paar Blechtische unter einem Schilfdach, wuchernde Pflanzen, dahinter der Bahndamm mit rötlichen Schottersteinen, Züge, die vorbeirasten und fliehende Schatten warfen, die staubigen Gräser erzittern liessen; vorn der Blick aufs Meer, Fischerboote, die frühmorgens und spätabends hinausfuhren.

Vater hatte sie aus diesem Traum herausgerissen; heimgerufen, wieder war er dazwischengetreten, wie so oft in ihrem Leben, hatte sich quergestellt. Er war immer der Sieger geblieben, der Gigant, auch wenn sie ihm später die Teilnahme an seinen Stammtischrunden verweigert hatte. Sie hatte ihn manchmal noch begleitet auf seinen Fahrten, hatte es aber vorgezogen, im Auto zu warten oder spazieren zu gehen; sie nahm Bücher mit, las, bis er kam,

leicht angetrunken zum Wagen taumelte, die Schlüssel suchte, losfuhr. Als sie aufs Gymnasium kam, ging sie gar nicht mehr mit, schützte Schularbeiten vor, das kränkte ihn, sie spürte es, aber er musste es anerkennen. Dafür achtete er jetzt genauer darauf, was sie in ihrer Freizeit tat, wann sie nachhause kam. Und damals, sie mochte vierzehn oder fünfzehn gewesen sein, begann er sie zu kontrollieren und auszufragen, wenn sie spät heimkehrte. Sie war oft mit Fred zusammen, ihrem ersten Freund, schlief auch mit ihm. Vater musste das gespürt haben, man sehe es einer Frau an, sagte er, wenn sie mit einem Mann geschlafen habe, an den Augen sehe man es, das sei nicht zu verbergen, da könne eine tun, was sie wolle, er auf jeden Fall merke das jeder Frau an, da mache ihm keine was vor. Beim Essen, oder vor dem Fernseher, sprach er diese Dinge aus, machte Bemerkungen zu ihrer Kleidung, zum Rot ihrer Lippen, zu ihrer Frisur. Manchmal stand er vor ihrem Kleiderschrank, blickte auf die gestapelte Wäsche, griff da und dort hinein, befühlte sie, nestelte darin, als suche er etwas.
Und er wartete, bis sie nachhause kam; noch spät in der Nacht sass er im Wohnzimmer, im breiten Armsessel, unter dem Lichtkegel der Ständerlampe, die Beine übereinandergeschlagen, die Lesebrille aufgesetzt, und er las seine Dichter: Raabe, Immermann, Gustav Freytag,

Mörike, Josef Roth. Sie konnte ihn nicht übersehen, wenn sie den Korridor betrat, die Tür zum Wohnzimmer stand weit offen. Sie musste sich zu ihm setzen, an den Tisch, sich seine Fragen anhören, seine Verdächtigungen, Vermutungen, Anspielungen, Ermahnungen, Drohungen, immer wieder.

Manchmal liess er sie auch vorbei, mit kurzem Gruss, wartete, bis sie im Bett war, kam dann in ihr Zimmer, trat ein ohne Licht zu machen, sie sah ihn unten am Bett stehen, seine mächtige Gestalt, die langsam näher kam, sich über sie beugte, seine Alkoholfahne, die ihr entgegenwehte, seine Lippen, meist trocken und aufgesprungen, die ihr Haar, ihre Wangen streiften, ihren Mund suchten; und seine Hände, die ihren Körper betasteten, die Brüste, die Hüften, die Schenkel. Und sie wagte nicht zu schreien, spürte den Schweiss in den Achselhöhlen, spürte, wie ihr Körper zusammenzuckte, ihre Hände sich verkrampften, sie presste die Schenkel zusammen, zog ihre Knie an. Seine Stimme dann, dies drohende „Wo bist du gewesen", eine Frage, die die Antwort schon enthielt, Hure, sagte er manchmal noch, oder geile Jugend.

Er stand dann noch eine Weile im Türrahmen, seine Gestalt im Lichtkegel, der vom Korridor ins dunkle Zimmer fiel, er zitterte, taumelte leicht, ging dann. Und sie lag wach, ver-

krampft, voller Angst, er würde nochmals zurückkommen.
Und so sehr er sie bedrohte, erkannte sie dahinter auch den Wunsch nach Nähe, nach Liebe und Zuwendung. Aber sie fand keine Möglichkeit, zu ihm vorzustossen, da war ein dicker Panzer, der nicht aufzubrechen war, und sie ahnte, dass irgendwo dahinter ein Kind versteckt war, verletzt und verletzlich.

Der Zug fuhr dem Meer entlang, das tiefblau in der Sonne glänzte, die ersten Menschen am Strand, aufgespannte Sonnenschirme, helle Farben, Wellen, die sich im Sand verloren, und weit draussen ein silbernes Glitzern, kleine Wölkchen am Horizont, flaumige Wattebüschel. Vaters Landschaften.

Einmal hatte sie eines von Vaters Gedichten gelesen. Darin hatte er von einem weissen Engel gesprochen, der nachts durch die Täler ging und rote Kreuze an die Häuser malte. Diese Kindersprache war sonst nie nach aussen gekommen. Er hatte zu denen gehört, die alles tief in sich verwahren und hoffen, jemand würde es da suchen und auferwecken. Und aussen war nur dieses Andere, Kalte, das ihr Angst machte. Und sie sah ihn am Mittagstisch sitzen, den Wein schlürfen und seine Witze erzählen, von Huren und Fotzen, sein derbes Lachen, breit-

gezogen der Mund, die schmale klaffende Lükke zwischen den Schneidezähnen. Dieser Abgrund zwischen den Bildern.
Still daneben Mutter, die von Vaters Witzen und Anspielungen schon längst keine Notiz mehr nahm. Nie reagierte sie darauf, tat, als hätte sie es nicht gehört. Still sass sie da, ass, schöpfte, tischte auf und tischte ab. Es war, als hätte sie sich in einen Bereich zurückgezogen, in dem sie all das nicht mehr erreichte. Mutter schien so abgeklärt und still, als lebte sie längst in einem andern Land. Und mit dieser stillen Abgeklärtheit versah sie den Haushalt, machte wenig Worte. Ihr Dasein kam Claire immer wie etwas Beiläufiges, Diskretes vor, das sich in ferner Abgeschiedenheit vollzog. Manchmal hatte es Claire als feiges Dulden und Ducken empfunden, später hatte sie darin Grösse wahrzunehmen geglaubt, die man wohl mit religiösen Begriffen hätte umschreiben können.

Claire stand auf, verliess das Abteil, stellte sich draussen im schmalen Gang ans Fenster, durch das ein warmer Luftzug drang, ihr Haar aufwühlte; ein flächiges Grün die Landschaft, die vorüberflog, intensiv die Farben, kräftig und klar; rötlich die Erde, von hellem Ziegelrot die Dächer einsamer Gehöfte, kaum Menschen; die Hügelzüge dahinter als weiche Linie im Horizont verschwimmend. Und wieder das

rhythmische Schlagen der Räder, hastig erschien es ihr jetzt, gehetzt beinahe, nichts mehr vom Gleichmut, jener beruhigenden Gelassenheit, die sie bei der Hinfahrt in den Süden wahrzunehmen geglaubt hatte. Sie schüttelte den Kopf, schob ihn weiter durchs Fenster in den Fahrtwind, als könnte sie die Bilder der Vergangenheit, die jetzt stark waren, abschütteln, sie forttragen lassen vom Wind. War es diese Fahrt zu Vater, die sie wachgerufen hatte, oder die Ruhe des Südens, die so manches hatte hochkommen lassen, oder war es das Resultat der vielen Analysestunden der vergangenen Monate, in denen sie so oft das Gefühl gehabt hatte, nicht weiter zu kommen, an Ort zu treten. Und sie kam nicht los vom Wiederholungszwang und liebte in Angelo wieder einen dieser Männer, die ihr eine Nacht schenkten in eruptiver Leidenschaft und sie früh am Morgen fortgehen hiessen. So waren all ihre Geschichten verlaufen, und es waren immer die gleichen gewesen.
Erst die Affäre mit Paul, Professor für Archäologie, verheiratet, kinderlos, 46, ein müder Zyniker, geschlissen durch Karriere, Dünndarmprobleme, dennoch wohlgenährt, Bauchansatz, Potenzstörungen; sie, das junge Mädchen, 21, intelligent, unverbraucht, das ihm noch einmal Leben einhauchte, ein neues sexuelles Auflodern. Sex zwischen den Vorlesungen, auf der

Couch in seinem Arbeitszimmer, kaum Zeit, sich auszuziehen, mal ein gemeinsames Nachtessen während der Woche, das Wochenende im Haus auf dem Land war der Ehefrau reserviert: diese alte, ewig neue Geschichte, die schon so zum Himmel stank, dass sie nicht mehr zu erzählen war. Aber für sie war es Wirklichkeit gewesen, sie hatte damals gelitten. Später die Wiederholung mit Thomas in Salzburg, auch einer, der nie Zeit hatte, Privatdozent, deutsche Literatur des Barock, Grimmelshausen und Silesius, unverheiratet, doch, wie die Tamponhüllen, die sie eines Tages auf der Bettvorlage fand, verrieten, auch anderweitig engagiert, die Kollegin vom Englischen Seminar, ein spätes Mädchen, aber mit Beziehungen. Zwei Frauen: eine für die Karriere, eine fürs Bett. Sie war wieder bloss die zweite gewesen. Nach der Heirat hatte das junge Mädchen zu gehen, versteht sich.

Wieder hielt der Zug. Die beiden Männer im Abteil begannen zu essen. Der eine bot Claire ein Stück Melone an, sie lächelte müde, nahm es. Grazie, sagte sie, wandte sich wieder ab, blickte durch das Fenster, fast leer der Bahnhof, teerverschmiert der Schotter zwischen den Geleisen, überquellende Abfalleimer, eine Gruppe von Rekruten in marineblauen Uniformen, junge, schöne Männergesichter, straff die Haut,

elegant ihre Körper in den massgeschneiderten Uniformen, und dennoch kamen sie Claire wie Kinder vor, die gern mit Puppen spielten. Warum hatte sie immer solche Männer geliebt, die ihr klar gemacht hatten, ihnen nicht zu nahe zu treten, sie abschoben nach der halben Stunde, nach der Nacht. Geschichten, längst vergangen, doch sie hatte jedesmal ein Stück von sich selbst verloren dabei.
Sie war 28 und fühlte sich alt und müde. Thomas hatte nur gelacht, du und müde, wein dich mal kräftig aus, trink einen Schnaps, und dann ist das Leben wieder in Ordnung, Kleines.
Seine letzten Worte.
Sie hatte ihre Sachen gepackt und war gefahren.
Es ist entsetzlich, hatte sie Pierre gesagt, was Menschen sich antun können, das ist Krieg, was zwischen den Menschen passiert, zwischen Mann und Frau, zwischen Mutter und Sohn, zwischen Vater und Tochter, und der grosse Krieg draussen, das ist nur die Fortsetzung all der vielen kleinen Kriege, die wir täglich führen. Sie zu verhindern, das müsste der Anfang unserer Politik sein. Sie vergass nicht die grossen Themen der Zeit, aber sie nahm sich auch das Recht, das Private als politisch zu diskutieren, sie wollte es so in die Gesellschaft und die Politik hineintragen, dass es zu begreifen und zu verändern war, und diesen Bereich auf keinen Fall den Vorgestrigen überlassen, die ohne-

hin überall Auftrieb hatten.
Aber sie schaffte nicht einmal eine kleine Insel für ihr eigenes Leben. Was war es, fragte sie sich manchmal, das sie dann doch wieder hingehen liess, wenn Thomas oder Angelo nach zwei oder drei Wochen anriefen oder kamen, mitten in der Nacht. Warum konnte sie sie nicht abweisen, nein sagen. Sie kannte doch das Spiel, das mit ihr gespielt wurde, wusste, wie es enden würde. Es ist wie ein Magnet, hatte sie zum Analytiker gesagt, eine Sucht, ja eine Sucht, gegen deren Kraft ich nichts vermag, und es ist, als würde jede, schon im voraus geahnte, Demütigung, die sie mir zufügen, jenes Mass an Lust ermöglichen, das bei Männern, die sie liebten und mit ihr leben wollten, nicht möglich war. Sie hatte nach Worten gesucht für diese ins höchste gesteigerte Lust: sich lieben bis zur Erschöpfung, zum Verwundetwerden, zum Wunde-sein. Reine Triebhaftigkeit hätte Vater das genannt, er, der sich nach jedem Rock umdrehte, sich aber gleichzeitig über Huren ereiferte: Vaters ungelebte Sexualität.
Und doch war es nicht bloss die Lust gewesen, es musste etwas anderes sein, was sie nicht zu beschreiben vermochte, auch in der Analyse nicht; aber es war immer nur mit Männern möglich, die keine Dauer verhiessen, sie fortwarfen wie ein Stück Dreck.

Die beiden Männer nahmen grosse Brote aus ihren Plastiksäcken, tranken Wein aus runden Blechtassen. Sie boten ihr ein Glas an, nickten ihr aufmunternd zu, als wollten sie sie herausholen aus ihrer Nachdenklichkeit.
— E vino della mia patria, del vigneto di mio padre, laggiù in Puglia.
Claire freute sich, nahm das Glas, prostete ihnen zu.
— Si, è veramente eccellente.
Langsam schlürfte sie den Wein, ein dunkler, etwas schwerer Rotwein, und sie hoffte, er würde sich langsam auf die Bilder senken, wie eine Decke aus weichem Samt, und ein wenig dieser Flut Einhalt gebieten und den schweren Gedanken, die sie begleiteten.
Der Zug raste weiter, nicht aufzuhalten diese Melodie, nicht abzubremsen die Reise. Weiter. Weiter. Hinein in den glänzenden Tag, ins grelle Licht vergangener Tage.
Nach der Geschichte mit Thomas in Salzburg hatte sie gehofft, neu anfangen zu können, sie hatte mit der Analyse begonnen, Pierre kennengelernt. Und einige Monate war das gut gegangen. Und doch blieb da ein Mangel, fehlte etwas, das durch nichts aufzuwiegen war, ein Gefühl der Leere, das plötzlich, gewaltsam beinahe, wie eine Urkraft, durchbrach, sie wehrlos machte, gegen das all ihre Vernunft nichts vermochte, nicht das Wissen, dass sie wieder ver-

lieren und einmal daran zugrunde gehen würde.
Schneller flog jetzt die Landschaft vorüber, pastellfarben, aufgelöst, dichter die Häuser, fast schummrig manchmal die Skala der Farben; und Claire fühlte die Hitze im Abteil wie eine drückende Decke, die auf ihr lastete. Und der Zug raste nordwärts, dem entgegen, was noch immer ihre Heimat hiess und für sie längst nur noch ein Name unter anderen war.

Auch Vater war so ein Name und Graz auch: Vaters Landschaft. Nirgends in Österreich ist das Grün so schön wie in der Steiermark, sagte er. Manchmal an sonnigen Tagen hatte er sie mitgenommen, hinauf auf den Schlossberg. Sie standen vor dem Uhrturm, schauten hinaus über die Stadt ins Land, die weichen Linien der Hügel über dem Grazer Becken, und Vater erzählte, während sie durch den Schlosspark gingen, zum hunderstenmal die Legende von jenem wachsamen Hund, der 1481 den Raub der Kunigunde, der Tochter Kaiser Friedrichs III., verhindert hatte. Und auf den Parkbänken immer die alten Frauen, die mit gespreizten Beinen da hockten, sie trugen wollenes Unterzeug, assen Brote, die in fettfleckiges Zeitungspapier gewickelt waren, und tranken Wein aus grossen Flaschen. Geile, alte Vetteln, sagte Vater. Und über der Ruine der Festungsmauer waren

auf einer Marmortafel die Distanzen zu wichtigen Städten der Welt verzeichnet: Jerusalem, Rom, Moskau, Athen, Neapel, Venedig ...
Jetzt war Vater krank, lag vielleicht im Sterben. Ja, sie möchte ihn noch einmal sehen, wie einen Verurteilten, dem man nochmals ins Gesicht schaut. Nur die Wut, die sie manchmal gegen ihn verspürte, der dumpfe Hass, war jetzt einer Gleichgültigkeit gewichen, die man zuweilen für längst Verstorbene empfindet. Und selbst diese Teilnahmslosigkeit vermochte sie nicht mehr zu erschrecken.

Als der Zug in die Stazione Termini einfuhr, kam sich Claire vor wie am Ende einer langen Reise, obwohl Rom doch bloss ein Zwischenhalt war. Sie nahm ein Taxi, sah mit Gleichmut das abendliche Verkehrschaos. Auf der Via Corso stauten sich die Autos, eine Demonstration finde statt, sagte der Taxifahrer, sempre le donne. Claire lachte. Unweit des Pantheon stieg sie aus und ging die letzten Meter zu Fuss. Die Piazza Navona war schon ganz in Schatten getaucht. Langsam schlenderte sie über den Platz, liess sich treiben im Strom der Menschen, tauchte ein ins Gewirr der Stimmen, schritt um Cellinis Brunnen herum, dessen Marmorfiguren noch immer angewidert auf Borrominis Fassade blickten. Sie suchte in der Tasche nach den Gettone fürs Telephon. Die Verbindung

klappte auf Anhieb.
– Wann denn? Vor einer Stunde? Ja, ich werde da sein.
Sie legte den Hörer auf die Gabel. Ein Feuerschlucker spie eine mächtige Flamme aus, Claire sprang beiseite, kniete hin und erbrach sich. Sie ging zum Brunnen zurück, nässte sich Hände und Gesicht, das Haar fiel ihr in die Stirn, dann sah sie auf zu den leicht verwitterten Gesichtern der Brunnengestalten.
Sie hatten die Zeiten überdauert. Ein Ballonverkäufer trat neben Claire und streckte ihr einen farbigen Ballon hin. Sie schüttelte den Kopf. Dann schlenderte sie zum Ausgang des Platzes. Und noch einmal das Bild, wie sie als kleines Mädchen an der Hand von Vater und Mutter durch die Stadt gegangen war, und da lag ein toter Igel auf dem Gehsteig, sie wollte ihn anrühren, streicheln. Pfui, sagte Mutter, das macht man nicht, der ist doch tot, du könntest dir ja eine Krankheit holen.
Am Ende des Platzes drehte sie sich um, als wolle sie diesen Moment festhalten, die Farben, die Gesichter, das matte Glänzen des Asphaltes, der feine Schimmer auf den Tischen, die bunten Luftballons, das helle Rot der Flammen, all dies in sich aufnehmen.
Dann wandte sie sich ab, lächelte, winkte ein Taxi heran. Stazione Termini, sagte sie, lächelte wieder.

II

– Da sind 2000 Schilling, sagte Mutter, geh dir Trauerkleider kaufen.
Claire hob den Kopf, wollte etwas sagen, doch Mutter, in der Stimme jene Mischung aus flehentlicher Bitte und entschlossener Bestimmtheit, setzte mit einem „Ich möchte es so" jeden Widerspruch matt. Mutter trug schon schwarz und bewies auch darin noch Geschmack: Rüschenbluse, knielanger Faltenjupe, Schnallenschuhe mit Blockabsatz, eine dezente Dame im vorgerückten Alter, nur die kleinen Schweissperlen in den blassen Wangengruben wollten nicht so recht zu diesem Bild passen.
– Bei Edelbauer in der Radetzkyallee kriegst du die schönsten Trauerkleider.
Claire, noch immer im Reisekleid, den Koffer zu ihren Füssen, sah sie an. Mutters weisses unbewegtes Gesicht, streng und beherrscht wie immer, mit einem weichen Glanz auf der Haut, auch in der Trauer ganz Herrin der Lage. Vater wird heute eingesargt. Nach dem Mittagessen fahren wir ins Leichenschauhaus, Onkel Dieter wird auch kommen.
Sie standen vor dem Küchentisch, der Geruch von Gemüsebrühe erfüllte den Raum, die Deckel auf den Töpfen klapperten. Sie sahen sich an, schlugen die Blicke nieder. Geselchtes, sagte Mutter, Vater hat es immer gemocht. Noch

bevor er ins Spital ging, habe ich ihm Geselchtes mit Eiern und Kress gekocht. Dein Geselchtes ist das Beste, hat er gesagt.
Claire nickte.
— Die Hitze hat ihn zu sehr gequält, sonst hätte er es vielleicht überstanden.
Claire trat in den Korridor, machte sich an ihrem Koffer zu schaffen. Mutter stand jetzt hinter ihr.
— Der heisseste Sommer seit vierzig Jahren.
— Ja, es ist hier so heiss wie im Süden.
— Wie war es überhaupt da unten?
— Schön, wirklich schön.
Claire ergriff den Koffer und trug ihn zum Treppenaufgang. Wieder folgte Mutter.
— Ich gehe nach dem Essen ins Gasthaus wegen des Leichenmahls, wenn du dich um den Lebenslauf kümmern könntest, und Tante Ulrike sollte man auch noch anrufen.
— Ich trag den Koffer nach oben und mach mich ein bisschen frisch.
— In zehn Minuten können wir essen.
Claire sah gleich das dritte Gedeck. Mutter hatte das wertvolle Porzellanservice aus dem Schrank geholt und das Silberbesteck. So wurde nur an Feiertagen gedeckt.
— Was soll das?
Claire bedauerte sogleich ihren heftigen Ton. Mutter stellte die Schüssel auf den Tisch und schöpfte. Sie sahen sich nicht an, drehten mit

dem Löffel Kreise in der Suppe. Am Fliegenfänger über dem Spültrog sirrte eine Fliege.
Und Claire sah ihn oben am Tisch sitzen, wie er die Serviette in den Hemdausschnitt stopfte, mit der Hand nach dem Brot griff, es zerteilte und in die Suppe tunkte. Die feinen Schweisstropfen in der Kinngrube. Sein leises Schlürfen. Brotkrümel, die in seinen Mundwinkeln klebten. Wie er alle über den Tisch hinweg musterte, und dann mit dem Löffel die pappigen Brotbrocken aus dem Teller fischte, sie schmatzend einzog, sich mit der Serviette über den Mund wischte, das klatschende Geräusch des Weines, den er ins Glas goss, den ersten Schluck glucksend in den Mundwinkeln hin und her schob und erst dann schluckte und das Glas gleich wieder nachfüllte, dann wie beiläufig etwas sagte, an sie, Claire, oder die Mutter gewandt, sich ein zweites Mal schöpfen liess ...
— Verzeih, ich kann nicht essen.
Claire stand auf und verliess die Küche. Sie trat vor das Haus, folgte dem schmalen Plattenweg in den heckenumsäumten Vorgarten. Wie sorgfältig Mutter ihre Blumenbeete noch immer pflegte. Auch Vaters Krankheit hatte sie nicht daran gehindert. Nichts hatte sich verändert in all den Jahren, nur die Bäume waren grösser geworden, das runde Blechtischchen hatte ein paar Rostflecken angesetzt und die sonst immer grüne, von Moos durchsetzte Rasenfläche

war gelb versengt, obwohl ein Rasensprenger mit rhythmischem Klicken Wasser zerstäubte. Claire setzte sich, genoss das kühle Nass auf der verschwitzten Haut, sah die flimmernde Hitze über dem Asphalt der Landstrasse; und wie diese Hitze lag eine ungewohnte Stille über den Feldern und dem Haus. Und sie wusste jetzt, sie würde diese schwarzen Kleider tragen und nicht wissen warum. Keine Tränen würden sein. Nur eine grosse Leere, Hitze und, fern, das Schlagen der Räder, Bilder dann, Namen: Bolognas schwarze Häuser, die Piazza Navona in Rom, das sizilianische Dorf, Enzo, wie er am Wurlitzer stand, seine kurzen dicklichen Finger am Gitter. Die Bahnfahrt, die ein Ende genommen, die Ankunft hier im Haus. Und jetzt diese neuen Bilder: das unberührte Gedeck in der Küche, der glänzende Silberlöffel auf der gefalteten weissen Serviette. Die dampfende Brühe. Das Geselchte auf dem Holzbrett, aufgedunsen vom langen Kochen, ausgefranste Fleischfasern, von Fettstreifen durchzogen, Mutters weisse Hände, die Gabel und Messer festhielten, im Fleisch stocherten ... All die Bilder waren da, zuckten in der Hitze, zerflossen, wurden unfassbar, unwirklich. Claire schloss die Augen, lehnte sich zurück, spürte die harte Erde unter ihrem Körper, das feine Nass der Tropfen. Eine glänzende Scheibe die Sonne zwischen den Zweigen.

Und wieder raste der Zug durch die Landschaft, Funken sprühten auf unter den schlagenden Rädern, sie sah die Staubwolke über dem Gelände, und der Fahrtwind brannte als feurige Masse auf den Wangen ...
– Wenn du bereit bist, können wir fahren.
Mutter hatte sich einen schwarzen Hut aufgesteckt, stand in der Sonne, in der Hand einen Riesenstrauss weisser Nelken und Narzissen.
– Dieter wartet vor dem Spital.
Und sie mussten dann zum Spital gefahren und durch die langen Korridore gegangen sein, dachte Claire später, und ihr war, sie wäre wie im Traum gegangen. Und nur Fetzen blieben in ihr zurück: eine weissgekleidete Frau, die auch zum Sarg gekommen war, von Mutter knapp begrüsst, wie sie alle dann vor dem Sarg gestanden hatten, Vaters gefaltete Hände, schon gelblich die Haut, weiss um die Nägel, und seine geschlossenen Augen, die weisse Frau, die neben Mutter stand, und wie sie beide Blumen um Vaters Gestalt legten, und diese Stille im Raum, und die Kühle, dann wieder die Schritte und hinaus in den blendend hellen Tag, und die weisse Frau, die Claire ein Couvert zusteckte und dann verschwand. Eine Trauer war es, die in Claire fiel, eine Trauer, dass sie keine Trauer empfand über diese liegende fremde Gestalt, die keinen Namen mehr hatte und kein Gesicht.

Allein kehrte Claire zurück, sie schlenderte durch die Strassen, nahm die Strassenbahn, die hinaus ins Dorf führte, das längst ein Vorort geworden war, verwachsen mit der Stadt. Und sie schritt durch das Dorf und nichts war als diese Hitze und diese Strasse, die sie so oft als Kind gegangen war, die schmale Häuserzeile mit den sorgsam gepflegten Vorgärten, die zur Strasse hin mit dunklen Lattenzäunen abgeschlossen waren. Und über die Fassaden kroch das Spalierobst, und Geranien standen vor den Fenstern; auf der andern Strassenseite der Dorfbach mit dem Eisengeländer auf der einen und den verwilderten Haselstauden auf der andern Seite. Und alles war noch da: das verwahrloste Gelände der Schuhfabrik, die jetzt leerstand, und Claire sah die Arbeiterinnen vor den Maschinen stehen, hörte den Lärm, atmete den Geruch des verbrannten Leders ein. Oft war sie auf dem Weg in die Schule vor diesem Fabrikgelände stehen geblieben, hatte nach den Gesichtern hinter den Scheiben und Maschinen gestarrt ... Lebendig wurden diese alten Bilder, schienen nur wenig verändert, und dennoch war es Claire, sie ginge durch ein fremdes Land: Vaters Land.
Sie bog in den Feldweg ein, näherte sich langsam dem Haus, der Rasensprenger drehte sich, versprühte Regenbogenfarben auf die Erde; Claire trat ein, ging durch die Räume, die Vater

verlassen hatte, auf dem Küchentisch sein unbenutztes Gedeck, sein grüner Korbstuhl in der Ecke des Wohnzimmers, der mächtige Eichenholzschrank, der immer abgeschlossen blieb, und Vaters Gerüche waren da, hingen schwer in dieser Hitze. Austria erit in orbe ultima. Und sie wandelte durch das Haus wie durch eine fremde Stadt. Schwerelos waren ihre Schritte, und matt, tastend gleichsam.
Und ihr war, sie wäre noch immer auf der Reise, der Schaffner würde kommen und nach der Fahrkarte fragen, Grenzposten in schmucken Uniformen wollten ihr Gepäck sehen. Doch sie hatte keines, keine Papiere, keine Fahrkarte. Alles war irgendwo zurückgeblieben. Sie würde zurückkehren und es suchen müssen.
Claire betrat ihr Zimmer und öffnete das Couvert: eine Kassette, keine Aufschrift. Sie steckte sie in den Recorder, hörte das leise schleifende Geräusch des Bandes auf dem Tonkopf, ein Knacken, eine Stimme.
Seine Stimme.
Claire stand unbewegt mitten im Raum. Sätze wie von weit, Wörter, weich und zärtlich, Liebe und Stern und Nacht und Dauer, wie kleine spitze Pfeile trafen sie Claire, sickerten als dünne stechende Flüssigkeit in sie hinein, in Venen und Adern, verklumpten zu schwerem Brei.
Seine letzten Worte.
Eine zärtliche Liebeserklärung. „Niemand hat

mich so bewundert wie du." Und dann dieser Hass, gegen Mutter, gegen sie, Claire, sie beide, die ihn nie verstanden, seine wahren Werte verkannt und ihn Zeit seines Lebens erniedrigt hätten. „Niemand hat mich so bewundert wie du."
Das Geheimnis der weissen Frau.
Noch immer stand Claire auf der gleichen Stelle, fühlte sich unfähig zu einer Bewegung, zu einem Gefühl. Nicht Wut und nicht Trauer. Eine dumpfe kalte Leere kam über sie. Sie war wie betäubt. Langsam ging sie zum Fenster, stützte sich mit beiden Armen auf den Sims. Unbeweglich heiss lag der Tag auf dem Land, hell und karg die Wiesen, und Grillen zirpten, Falter flogen, und doch war Claire, als klaffte da irgendwo ein grosses dunkles Loch, das sich nie mehr schliessen würde.
Sie fühlte die Hitze jetzt wie ein grosses Fieber, das sie schaudern machte. Schweiss rann über ihr Gesicht. So müsste das Sterben sein. Und ein endlos langer Regen müsste über das Land kommen.
Sie zog sich das dünne Sommerleibchen über den Kopf, legte sich aufs Bett.
Das also war seine letzte Rache. Sein letzter Traum. Immer war er einem Traum nachgerannt: dem Traum vom Leben. Manche rennen dauernd hinter dem Leben her, hatte er einmal vor Jahren zu ihr gesagt, mit keuchendem

Atem und schweren Schritten, und immer sitzt ein Igel am Ende der Furche und ruft: Ich bin schon da, und sie rennen weiter und denken, einmal müssten sie es schaffen, und sie rennen, bis sie eines Tages in der Furche liegen bleiben und sterbend hören, wie jemand sagt, da sei gar nichts zu erlaufen gewesen, von einem Rennen sei nichts bekannt; man müsse sich da wohl geirrt haben. Und andere sitzen einfach da, und alles, was das Leben zu geben hat, fällt ihnen zu.
Ja, dachte Claire und strich mit den Händen über den schweissnassen Oberkörper, Vater war wohl reich geworden durch seine Arbeit und doch innerlich leer geblieben und arm: der Fluch seiner Generation. Sie seufzte, kein Lüftchen, das durch das geöffnete Fenster drang. Vielleicht hatte er noch in diesen letzten Monaten seinen Engel gesucht, hatte in ihn nochmals all sein Hoffen und Sehnen gelegt.
Einmal, als sie noch sehr klein gewesen war, da hatte er ihr erzählt, im Krieg habe er immer von einem weissen Engel geträumt, der ihn erlösen würde von all dem Schmutz, der sein bisheriges Leben gewesen sei. Und dieses Bild habe er immer mit sich getragen durch all den Sumpf und Morast des Krieges, durch all die langen Monate und Jahre. Und vielleicht sei es nur dieses Bild gewesen, das ihn den Krieg habe überstehen lassen. Vielleicht habe dieser Traum ihn so

sehr beherrscht, dass jede Wirklichkeit dahinter zurückbleiben musste, als schal und leer erschien, als stumpf und karg und ohne Alkohol gar nicht zu ertragen.
In Mutter mochte er diesen Engel gesehen und ihr nie verziehen haben, dass sie kein Engel gewesen war.
Gott wird ihm verzeihen, würde Mutter sagen, und das Band nicht hören wollen. Und sie würde mit all den Vorbereitungen für die Beerdigung fortfahren, noch eifriger und konzentrierter. Und am Abend würde sie für den Toten beten: *Gott sei seiner Seele gnädig und schenke ihm ewige Ruh.*
Mutters Gebete: das war ihr Traum, ihre Krükke, die Welt zu ertragen. Sie hatte ihn sich durch nichts rauben lassen. Und jede Erniedrigung, jede Wunde, die ihr beigefügt wurde, empfand sie als Teil eines grossen Planes, in dem sie sich aufgehoben wusste.
Vater und Mutter, das waren zwei Länder gewesen, zwei Sprachen, die nie zusammengefunden hatten, Meere lagen dazwischen, Ozeane. Für sie, Claire, galt beides nicht: weder Vaters Traum noch Mutters Gott. Sie würde zwischen diesen Ländern leben, ausfüllen dieses dunkle Loch, das im hellen Tag klaffte, und das hiess, immer neu, aufbrechen, den Zug besteigen und weiterfahren.
Claire starrte zur Decke, schloss die Augen.

Und wieder hörte sie das Schlagen der Räder und sah die Geleise, die in der Hitze flimmerten, den weichen Dunst über den verbrannten Hügeln: Vamos alla Playa. Und mitten in die Fahrt mischten sich die Worte aus dem Recorder, waren da, tropften als ätzende Flüssigkeit durch ihr Inneres.
Ja, Mutter würde sich treu bleiben. Sie war geübt im Dulden. Es war der Inhalt ihres Lebens geworden. Und übermorgen würde die Beerdigung sein. Sie würden durch diesen heissen Tag über den Kirchhof schreiten, den Sarg in die Erde legen, und der Pfarrer würde sein Gebet sprechen: *Leben wir, so leben wir dem Herrn, und sterben wir, so sterben wir dem Herrn.* Und dumpf würde es heraufklingen, wenn die harten Erdklumpen auf den Sarg fielen. *Aus Staub gemacht, werdet ihr wieder zu Staub.* Und eine weisse Frau würde neben dem Grab stehen und ihre Blumen neben Mutters Blumen auf den Sarg fallen lassen. Und Kränze würden um das Grab liegen mit bunten Schleifen: vom Grazer Faltboot-Club, vom Alpenverein und der Steirischen Sparkasse.
Und Tränen würden sich mischen mit dem Schweiss. *Näher, mein Gott, zu dir.*
Im Gasthof würde schon getischt sein. Und Claire würde über den Tisch hinweg auf die Gesichter blicken, die zum Leichenmahl gekommen waren: Tante Ulrike aus Vorarlberg

mit Onkel Horst, den seine Jagdleidenschaft zum Alkoholiker gemacht hatte. Er würde schon angetrunken gewesen sein bei der Ankunft. Tante Ulrike würde ihn auf dem Kirchhof stützen müssen. Nimm dich zusammen, Horst, würde sie zischen. Eine Schande, würde Olga ins Amen des Pfarrers sagen.
Und alle würden essen. Neben Claire Mutter und neben Mutter die weisse Frau.
Onkel Horst würde bald betrunken sein, und Olga würde das übriggebliebene Fleisch in eine Serviette packen und mit nachhause nehmen für den Hund.
Und dann würden alle gegangen sein. Auch die weisse Frau. Nur sie und Mutter würden noch da sitzen.
– Als ob ein Gott gestorben wäre.
– Ein Gott, der keiner war.
– Er wird uns fehlen.
Und sie würde nichts sagen, sich bei Mutter unterhaken und mit ihr nochmals durch die Grabreihen gehen.
Und es würde Abend werden. Und sie und Mutter würden im Wohnzimmer sitzen. Ich fahre morgen zurück, würde Claire das Schweigen brechen, und Mutter würde den Kopf heben, für Sekunden mit der Strickarbeit innehalten und leise sagen: Das Rückenteil wird bald fertig sein. Ja, würde Claire antworten, ich geh jetzt den Koffer packen.

Sie würde in die Stadt fahren, am Jakominiplatz aussteigen, die Mur entlanggehen, weiss schäumend würde das Wasser sein wie immer in dieser Jahreszeit, hinunter zur Südbrücke, zum Franz-Josefs-Kai, dann die Griesgasse hinauf zum Taxistand am Griesplatz. Und schon auf der Fahrt zum Bahnhof würde Graz langsam vergessen sein. Und sie würde die Räder hören, das Flimmern über den Geleisen sehen und wissen, wie gut es war, zurückzufahren ...

Claire wachte auf, schaute aus dem Fenster. Sie hatte die Grenze erreicht. Sie würde noch zehn Stunden im Zug sitzen müssen und alles würde ganz anders sein. Sie zog ihren Pass aus der Handtasche, öffnete ihn und lachte sich selber zu.

Der Tag wie die Nacht

Er habe, schrieb ich, als wär es seine, nicht meine Geschichte, sie an einem dieser fürchterlich langweiligen wissenschaftlichen Kongresse kennengelernt, einer Tagung über die Probleme der Tiefseeforschung oder so ähnlich. Es war schon spät abends, ich hing, schrieb er, schrieb ich für ihn, an der Bar herum, schon ziemlich betrunken, benommen jedenfalls, was jedoch weniger auf den Alkohol als auf die unzähligen Referate über all das angeblich im Absterben begriffene Meeresgetier zurückzuführen war. Mir brummte der Schädel, sagte er, und ich hatte mir geschworen, nie wieder einen Fuss in eines von diesen verseuchten Meeren zu setzen, weniger des Schmutzes wegen als aus Furcht vor diesen brabbelnden, schleichenden und schwimmenden Tierchen, von denen in den Referaten der Lehrstuhlinhaber, Wissenschaftler und anderer Wichtigtuer die Rede gewesen war; nicht genug, dass diese schrecklichen Viecher mit der der Wissenschaft eigenen Penetranz und Versessenheit im Beschreiben von Details dargestellt wurden, was einem normalen Zuhörer, wie ich es bin, allein schon

Übelkeit verursacht hätte, sondern die Dinger wurden mittels Dias und Videoprojektionen in vergrösserter Form auch noch optisch und akustisch vorgestellt.

Mir war dies Blubbern, Quietschen, Schniefen und Quaken derart in Fleisch und Blut übergegangen, dass ich noch vor Ablauf des letzten Referates, das sich mit der Schleimaussonderung der Meeresschnecken befasste, den Saal verliess, kreidebleich, versteht sich, und eiligst die Toilette aufsuchte. Ich war gezwungen, auf das anschliessende Nachtessen zu verzichten, da die Speisekarte, offenbar dem Thema angepasst, fast ausschliesslich Meeresspezialitäten, die er sonst über alles liebe, schrieb ich, aufwies. Also hatte ich nach längerem Aufenthalt in der Toilette direkt die Bar aufgesucht, mich dort nach einem den Magen beruhigenden Amaro gleich dem Whisky, für einmal Jack Daniels, mit dem ich sonst wenig anfangen kann, zugewandt und dankbar die allmähliche Benebelung, die ein rasches Verschwimmen des mich noch immer beunruhigenden Meeresgetiers bewirkte, wahrnahm. Der Barkeeper, ein Schwarzer mit Joe-Louis-Schnauz, nickte mir verständnisvoll zu, als ich ihm die dermatologischen Syndrome von Wasserschlangen beschrieb und das durchdringende Schmatzen vergifteter Quellmuscheln, die sich mit auslaufendem Rohöl vollgesogen hatten, mit Whiskyblubbern nachahmte. Ich wies mit einem Seitenblick auf den Speisesaal, wo die tagenden Wissenschaftler eben die als Vorspeise gereichten Fritto misto verzehrten. Den Bericht für die Wissenschaftsbeilage unseres Blattes würde ich morgen — aus angemessener Distanz und nach reichlichem Whiskykonsum musste dies möglich sein, dachte ich — verfassen und telephonisch durchgeben.

Die Frau hatte ich zuvor nicht gesehen, unbemerkt musste sie sich ans untere Ende der Bar gesetzt haben, doch hing das wohl eher mit meinem Zustand zusammen, als mit der Unauffälligkeit der Frau, denn unauffällig, wenn eine Frau das überhaupt jemals ist, war sie keineswegs. Doch mit dem Versuch, sie äusserlich zu beschreiben, fangen die Schwierigkeiten bereits an. Und Schwierigkeiten sind es, die mich dazu bewegen, diese Sache, so will ich es vorläufig nennen, aufzuschreiben, Schwierigkeiten, die damals ihren Anfang nahmen und für ihn nie aufgehört haben. Dabei gehören zufällige, meist oberflächliche und kurzlebige Frauenbekanntschaften ebenso zum Beruf des Journalisten wie die Frustration über ein Kongressthema wie eben die Tiefseeforschung. Wissenschaftliche Kongresse sind übrigens keineswegs mein Spezialgebiet, sondern Anlässe für gelegentliche Ausflüge in andere Fachbereiche, meist als Freundschaftsbeweis für einen verhinderten Kollegen aus der Wissenschaftsredaktion, die, ebenso wie das Feuilleton, auch bei unserer Zeitung zahlenmässig unterdotiert ist. Dieser Umstand mochte unsere gegenseitige Hilfsbereitschaft gefördert haben. Als eingefleischter Theaterkritiker habe ich mich im Tiefseebereich ebenso fremd gefühlt wie die verseuchten Muscheln im beleuchteten Aquarium des Kongressaales.

Vielleicht hat die allgemeine Irritation, in der ich mich durch das Meeresgetier und die reichlich genossenen Jack Daniels, die durch die Spesenpauschale kaum zu decken waren, befand, dazu geführt, dass die Frau am unteren Ende der Bar mich zunehmend verwirrte, faszinierte oder soll ich gleich sagen, denn darauf lief es hinaus, korrumpierte.

Wir sind miteinander ins Gespräch gekommen, wie das eben manchmal geschieht, ein Wort gibt das andere, erst ein paar Sprüche, die unverbindlich bleiben, bloss etwas das Terrain ausloten, wenn ich dem so sagen darf, sehen wie der andere reagiert, bei Frauen ist dies besonders wichtig, mein ich, ich habe so meine Erfahrungen, was ankommt, wie man die Antworten, die ja bei Frauen meistens verschlüsselt sind, zu deuten hat.

Die Sache liess sich ganz gut an, die Frau war mit ihrem Chef da, Sekretärin eines dieser Tiefseeforscher, Spezialist für phosphatverseuchte Seeigel und endokrinologische Erkrankungen von Tintenfischen, Privatdozent für Meeresbiologie, kurzum: die Frau war beruflich da und langweilte sich. Und bessere Voraussetzungen als die Langeweile einer Frau gibt es nun mal nicht. Das sagt Sturauer. Eine Bar eignet sich gut zum Einandernäherrücken; an der Bar schaffe er es immer, sagt Kollege Haffky von der Feuilletonredaktion, der weitaus den grössten Verschleiss an Frauen hat. Die Frau trank mit, ein Whisky ergab den nächsten, gegen flüchtige Berührungen von Oberarm und Busen, später auch Knie und Schenkel, Barhocker fordern solche Kontakte, fordern sie geradezu heraus, hatte die Frau nichts einzuwenden, es schien ihr auf jeden Fall nicht unangenehm zu sein.

Zu gegebener Zeit, man muss das Gefühl dafür haben, wenn es soweit ist, meint Haffky, verliessen wir die Bar, vertauschten sie mit der Intimität eines kleinen Speiserestaurants, eine griechische Taverne in der Altstadt, bestellten Salat und etwas vom Grill, um all das Meeresgetier endlich zu vergessen und in einem kräftigen Retsina endgültig zu ersäufen. Obwohl ich mir beim Verlassen der Bar vorgenommen hatte, mich nun stärker auf die Frau und weniger auf den Alkohol zu konzentrieren, trank ich weiter. Ich taumelte zwischen einem fortgeschrittenen Stadium von Trunkenheit und einer wochenlang aufgestauten Geilheit; und in Gedanken, soweit ich überhaupt noch zu konzentriertem Denken fähig war, spielte ich all die Nummern durch, die ich mit der Frau heute nacht durchgeben würde.

Ziemlich betrunken, beide, erreichten wir mein Hotelzimmer, schliefen bald ein, holten anderntags nach, was wir in der Nacht versäumt hatten. Und wie wir es nachholten. Drei Tage und vier Nächte blieben wir im Hotelzimmer, wälzten uns ineinander bis zur Erschöpfung.
Das war die totale Verschmelzung, würde ich später zu Sturauer sagen, die grosse Leidenschaft, wie sie dich nur selten erreicht im Leben. Wenn ich damals geahnt hätte, was sie mich kosten würde.
Doch Gedanken machte ich mir keine in diesen Tagen, nicht einmal über den nichtgeschriebenen Bericht für die Wissenschaftsseite. Sollen die denken, was sie wollen, sehen, womit sie die geplante Seite füllten. Irgendeine Konserve über die Begattungsprobleme weisser Mäuse oder die Ursachen des Durchfalls gefangener Waldschnecken würde schon aufzutreiben sein.
Mir war das egal. Es gab nur noch diese eine Wirklichkeit: das Hotelzimmer und der Körper dieser Frau. Dahinter verblasste alles, verlor

seine Konturen. Ich dachte nicht an Olga und die Kinder, ich wollte nichts anderes als diesen Augenblick leben, diese Leidenschaft auskosten, die mir das Schicksal so unerwartet zugespielt hatte.
Ja, davon träumten alle, das wusste ich, auch Sturauer träumte davon, aber mir wurde es zuteil. Einmal im Leben das auskosten, was wir viele Jahre entbehrt haben.
Und ich spürte auch, ohne mir das richtig einzugestehen, ich kam aus dieser Sache nicht so leicht wieder heraus, wie ich hineingeraten war.
Er habe, schrieb ich, sich das wohl zu leicht vorgestellt.

Sie fahre nach Berlin, sagte die Frau am vierten Tag, ob ich mitkommen wolle. Ich dachte für Sekunden an Sturauer, an Olga und die Kinder.
Er wählte eine Nummer, schrieb ich, und sprach kurz in den Hörer.
Wir reisten anderntags, ich hatte reichlich Geld abgehoben. Ein Telegramm an die Redaktion, eines an Olga. Wir fanden ein kleines Hotel in der Lietzenburgerstrasse, Nähe Olivaer Platz, mässig im Preis, das Geld reichte für drei Wochen. Von Berlin sahen wir, sahen sie, wenig, ihnen genügte das Hotel, besser: das Bett. Weisse Landschaft der Laken, die feuchte Haut, das Keuchen, die Schreie, der kurze Schlaf, das Schlürfen des Weines, spärliche

Worte, ein Flüstern, manchmal ein Streifen Licht durch die Gardinen, Lärm von der Strasse, der Kellner, der anklopft, das Tablett auf den Tisch stellt, die leeren Flaschen einsammelt, wieder geht. Ihr Gesicht im dunklen Zimmer, ihr aufgelöstes Haar, Male von Bissen und Küssen auf der Haut, ein Aspirin und der Tag wie die Nacht und die Nacht wie der Tag ...

Sie fahre jetzt. Nein, ein Scherz sei das nicht. In wenigen Minuten hatte sie gepackt. Kein Kommentar. Und ich schaute der Limousine nach, sah das Gesicht der Frau nicht mehr und dann den Tag nicht mehr.
Ich blieb zurück.
Nacht für Nacht ging ich durch die Strassen. Zeit, dachte ich, Schonzeit, die würde ich brauchen, Tage dazwischen schieben, zwischen mich und das Vergangene. Ausheilen lassen diese Spuren und Male, diese Bilder und dies noch immer unaufhörliche Rauschen, ein feiner Strom, der durch den Körper geht, sich staut, mich niederwirft. Stunden im Dunkel des Zimmers und draussen ist Berlin. Und etwas rinnt durch den Raum, rinnt von der Decke, auf mein Haar, in den Kopf, in Arme und Beine, wie Sand ist es, und es rinnt und rinnt, dringt in alle Ritzen und Fugen, in die Adern und Venen.
Ich begann zu suchen, nach den Dingen im

Raum und den Dingen in mir, den Bildern und Wegen. Manchmal versuchte ich zu begreifen, was da geschehen war.

Und dann dies Gehen, auf und ab, durch den Raum, die Korridore, die Treppenhäuser, die Strassen, die Gassen. Gehen. Gehen.

Er geht, denke ich, sehe mir zu, sehe ihm zu, er hebt den Fuss, tritt auf den Gehsteig, bleibt stehen vor dem Kiosk, liest die Schlagzeilen. Er liest, denke ich, und das Er ist vertrauter als das Ich, vertrauter und näher.

Und „ich" schreibe ich: „Ich besuchte einen dieser langweiligen Kongresse ...", schreibe es, schreibe alles auf, von mir und der Frau und den Tiefseeforschern. Und denke immerzu: Er besuchte ... Er. Ich schreibe, und er ist in Berlin, und ich war bei der Zeitung, bin verheiratet und habe Kinder, und er geht durch die Strassen, wie ich lange nicht gegangen bin. Und den Weg, den er geht, gehe ich nicht mehr. Und die Zeitung, die ich kaufe, liest er, sie muss ihn interessieren, vielleicht sucht er etwas darin, oder er interessiert sich für Politik oder Sport, er kennt Hertha BSC, geht öfter zum Fussballspiel oder zum Segeln an den Wannsee. Er muss etwas tun, er ist ja fremd hier. Er ist nach Berlin gekommen, aus einem andern Land, in das er nicht zurück möchte. Ein lange geplanter Aufbruch, den er endlich ausgeführt hat. Darauf ist er stolz. Ich gehe mit ihm, begleite ihn durch die Strassen. Ich trinke Whisky, und er liebt das Schlendern, schaut sich alles an, genau schaut er, er muss das lernen. Viele Jahre ist er nur da gewesen. Du hast jetzt viel Zeit, sage ich zu ihm, du bist in einer grossen Stadt, da kannst du aussuchen, endlich, ja unendlich ist die Auswahl. Kauf dir Kleider, such dir eine Wohnung, sage ich zu ihm. Ich drücke für ihn den Klingelknopf, schiebe ihn ins Treppenhaus, sehe ihn vor dem Schalter stehen und ein Formular ausfüllen. Er ist nicht geübt darin, zu lange hat er das nicht getan, das sehe ich genau, ich will ihm ja auch helfen. Stundenlang geht er durch die Stadt, ohne Eile, ohne Hast, sitzt in den Cafés, stöbert in Buchhandlungen und Warenhäusern. Durch den Tierpark geht er, sitzt unter Bäumen, lümmelt über den Kurfürstendamm und die Kaiser-Friedrich-Strasse, schläft im Jungfernheidepark. Manchmal will ich fragen, was er da suche, da schüttelt er nur den Kopf und geht weiter.

Wenn Vater kommt

I

Seine Briefe kamen regelmässig, gegen Ende des Monats. Vom 20. an ging sie zum Briefkasten, sah die Post durch, die sie sonst wenig interessierte. Sie kannte seine Schriftzüge, erblickte seinen Brief rasch unter all dem Papierkram, der täglich im Kasten lag, die vertrauten Schriftzeichen, kleine, zusammengedrückte, eng ineinandergepresste Buchstaben. Manchmal ging sie dem Briefträger entgegen, nahm das kleine Bündel, sah es durch. Mutter nannte das albern, dies Nicht-warten-können, und tadelte sie. Sie liess Mutters Vorwürfe mit Gleichmut über sich ergehen. Sie hatte sich so sehr daran gewöhnt, dass sie sie nicht mehr berührten. Warum auch. Es gehörte zu Mutters Leben, andere zu tadeln. Sie schien darin jene Erfüllung zu finden, die andere im Spiel, in der Liebe, im Beruf oder sonstwo fanden.
Seine Briefe waren Zeichen, Anzeichen: es gab ihn noch, er lebte! Und das bedeutete ihr viel, auch wenn sie manchmal fürchtete, er würde nie mehr zurückkommen. Mutter unterstrich

das bei jeder Gelegenheit. Sein Wegzug ist endgültig, sagte sie, bilde dir ja nichts ein. Wir zählen nicht mehr für ihn. Er hat uns aus seinem Leben gestrichen, ratzekahl. Mutters Stimme bebte leicht. Ratzekahl, wiederholte sie und war dem Weinen nahe.

Sie überhörte nicht den gehässigen Ton, der in Mutters Stimme kam, wenn sie von ihm sprach. Aber sie liess sich von Mutters Reden nicht beirren, behielt irgendwo in ihrem Inneren die Hoffnung, die wie eine kleine Flamme weiterbrannte und durch die Briefe immer wieder jenes kleine Mass an Nahrung fand, das sie am Auslöschen hinderte. Und sie stellte sich vor, wie er eines Tages vor dem Gartentor stehen würde, im dunklen Nadelstreifenanzug, den er immer zum Reisen anzog, den schwarzen Lederkoffer vor dem Bauch, beide Hände am Griff; unschlüssig würde er dastehen, über den Zaun spähen, als warte er auf eine günstige Gelegenheit, um sich unbemerkt einzuschleichen, wie einer, der nicht gesehen werden will. Auf seine Sträucher würde er blicken, auf das schmale Beet mit den Rosen, das er über der Bruchsteinmauer angelegt hatte. Mit wieviel Aufwand und Sorgfalt hatte er diese Rosen gepflegt. Düngen, schneiden, spritzen. Hier hatte er keine Mühe gescheut, ganz im Gegensatz zum übrigen Teil des Gartens, wo er das Unkraut wuchern liess.

Manchmal denke er mit Wehmut an den Garten zurück, schrieb er, sehe die Morgensonne über den Sträuchern und Hecken, die feinen Tritte der Katze auf dem schmalen Weg zwischen den Beeten und die Schattenmuster des Ahornbaumes auf dem Rasen; und diese Bilder würden dann gross und schwer, und alles Vergangene sei sehr nah, so nah, als wäre er nie fortgegangen. Und sie schrieb ihm dann, wie die Pflanzen gedeihen im Garten, wie gross die Lärche schon sei, wie heftig die Buchenhecke ausgeschlagen habe dieses Frühjahr. Manchmal legte sie auch eine gepresste Blume zwischen ihre Blätter, und sie bat ihn, seinen Garten doch wieder einmal zu besuchen, nachzuschauen, wie alles gewachsen sei.

Er antwortete nie auf solche Bitten, erzählte vom Leben in der Stadt, beschrieb ihr ausführlich seine Wohnung, die alt sei und dunkel, mit knarrenden Treppen und Böden, hohen Räumen und dumpfen Gerüchen. Aber der Blick auf den Fluss, schrieb er, ist schön. Möwen sitzen auf den vermoosten Steinen am Ufer, Bachstelzen hocken im Schilf, und manchmal trägt der Wind die Gerüche des Wassers in mein Zimmer, füllt es mit Tang und Algen, und die Lichtmuster der Wellen tänzeln an den Wänden. Oder er beschrieb ihr, wie der Mond sich im Wasser spiegelte, das Licht wie flüssiges Blei auf den Wellen und die dunklen Schatten unter

dem Brückenbogen.
Früher hatten sie zusammen lange Spaziergänge gemacht, immer am Sonntagmorgen. Vater hatte sie bei der Hand genommen und war mit ihr über die Felder gegangen. Vater war ihr immer gross vorgekommen, seine schwere Hand, die die ihre umfasste. Sie hatte zu ihm aufgeblickt, ein wenig ängstlich, in sein stummes Gesicht.
– Warum bist du so still, Vater?
Das hatte sie ihn oft gefragt, aber er hatte nie geantwortet. Später hatte sie sich nicht mehr zu fragen getraut. Sie war gern mit ihm spazieren gegangen, sie hatten Blumen gepflückt und Beeren gesammelt. Und er hatte ihr Geschichten erzählt vom Bauernhof, auf dem er aufgewachsen war. Sechs Kinder waren sie gewesen. Im Stall hatten sie Kühe und Schweine gehabt und ein altes Pferd, die Flori.
Und Vater hatte das Pferd beschrieben, seinen grossen runden Bauch, die helle Mähne, seine Augen, gütig haben die geblickt, hatte Vater gesagt. Und zuletzt seien dem Flori die Zähne ausgefallen, und man habe es abtun müssen.
– Warum abtun, Vater, was ist das?
Das hatte sie damals nicht begriffen, dass man ein Pferd zum Metzger bringt, weil es alt ist. Zuhause hatte Vater nie vom Bauernhof erzählt.
– Warum bist du nicht Bauer geworden, Vater?

Auch darauf hatte er keine Antwort gegeben. Sein Gesicht war hart geworden.
Vater hielt sich Kaninchen. Fast jedes Jahr gab es Junge. Und sie durfte sich eines aussuchen. Das war dann ihr Kaninchen. Als Vater ausgezogen war, hatte sie eines der Kaninchen behalten dürfen, die andern hatte der Nachbar geholt. Eines Morgens hatte das Kaninchen tot im Stall gelegen, sie hatte es im Garten begraben und ein Holzkreuz auf den kleinen Erdhügel gesteckt. Mutter hatte ihr geholfen, das Kreuz zu basteln. Zusammen waren sie in Vaters Werkstatt gegangen, hatten zwei Brettchen zurechtgesägt und sie zusammengenagelt. Mutter hatte mit einem Messer den Namen des Tieres eingeritzt.
Seit dem Tod des Kaninchens stand der grosse Stall leer. Mutter hatte die Näpfe der Tiere gereinigt und ein Tuch vor den Stall gehängt. Wenn Vater wiederkommt, sagte sie zu Mutter, werden wir wieder Kaninchen haben. Vom Tod des Kaninchens schrieb sie Vater nichts. Sie würde es ihm sagen, wenn er käme, dachte sie. Wenn Vater kommt, erzähle ich ihm, wie unser Kaninchen gestorben ist, und wir werden beim Rütihofbauern zusammen wieder eines kaufen.

In seinen Briefen fragte Vater nach dem Garten, nach den Blumen, auch nach Mietzi, der

Katze. Nach Mutter fragte er nie. Nur in dem kleinen Wörtchen „Euch" kam sie in den Briefen vor: „Ich grüsse Euch." Er unterschrieb mit seinem Vornamen, der eilig hingekritzelt schien, verlegen, dachte sie, als ob sich Vater seines Namens schämte. Am Anfang hatte sie das irritiert, dass er nie mit „Dein Vater" unterschrieb. Sie hatte ihn immer so genannt, als er noch da gewesen war. Auch Mutter hatte ihn so angeredet. Als er nun seine Briefe mit „Rolf" unterschrieb, kam ihr das fremd vor. Und sie nannte ihn in ihren Briefen weiter Vater. „Mein lieber Vater", so begann sie ihre Briefe, später schrieb sie nur noch „Lieber Vater" und eines Tages, sie konnte später auch nicht mehr sagen warum, „Lieber Rolf". Aber sie empfand es jetzt als natürlich, als hätte sie ihn immer so genannt. Rolf hat mir geschrieben, erzählte sie Tante Rosi, die sie öfter besuchte, seit Vater fort war. Sie hatten jetzt viel seltener Besuch. Bekannte, die manchmal gekommen waren, blieben aus.

Ob die nur wegen Vater gekommen waren? Man gehe halt nicht gern in ein Haus, in dem nicht alles stimme, sagte Mutter. Nur der alte Widmer, der manchmal Heu für die Kaninchen gebracht hatte, kam weiter vorbei, setzte sich in die Stube, trank ein Bier und erzählte von seinen Jurawanderungen. Seit seine Frau gestorben war, lebte er allein in seinem Haus, pflegte den Garten und machte seine Wanderungen. Mutter war froh, wenn er den Rasen mähte, die Bäume schnitt oder im Garten die Erde umstach. Nach Vater fragte er nie.

Vater schrieb ihr viel von der Stadt, von den Menschen, vom Lärm der Strassen; von Festen erzählte er und den Musikanten, die im Sommer in Strassen und Gassen spielten, vom blinden Drehorgelmann in der Bahnhofunterführung und den Schachspielern im Kurpark, den Rentnern unten an der Flusspromenade. Vater schrieb von vielem, nur von sich schrieb er wenig. Man lebt anders in der Stadt als auf dem Land, schrieb er, das Leben ist hektischer, schneller und unruhiger. Man sitzt in den Gasthäusern, fast alle haben im Sommer Tische draussen auf den Strassen und Plätzen, da kann man sitzen bis tief in die Nacht und die Sterne sehen und den Mond. Oft geht man einfach im Strom der Menschen, lässt sich irgendwohin treiben wie ein Blatt, das der Wind über den Asphalt tanzen lässt.

Man wird müde in der Stadt und kann doch oft nicht schlafen. Fast immer schrieb Vater „man", fast nie „ich". Man arbeitet viel und geht dann schlafen. Sie schrieb Vater, wie sehr alles wachse im Garten, wieviele Äpfel der kleine Baum getragen, welches Gemüse Mutter gepflanzt habe. Wenn du kommst, Vater, werde ich dir alles zeigen. Manchmal sagte sie zu Mut-

ter, wenn sie zusammen werkelten im Haus oder im Garten, wenn Vater kommt, werde ich ihm das erzählen. Wenn Vater kommt, werde ich ihm das zeigen. Mutter schwieg dann.
Später sagte sie den Satz nicht mehr. Aber wenn sie im Bett lag, dachte sie oft daran, wie es sein würde, wenn Vater käme. Vater hatte sie nie mehr besucht, seit er weggezogen war. Und er hatte sie nie in die Stadt eingeladen. Es würde dir hier nicht gefallen, schrieb er, Tag und Nacht der Lärm und der Gestank der Autos.
Sie stellte sich Vater vor, wie er durch die Stadt ging, seine grosse Gestalt unter all den Menschen, seine langen, hastigen Schritte. Wie er einkaufen würde, im grossen Warenhaus, allein zwischen den hohen Gestellen, unschlüssig, was er kaufen solle. Zuhause war Vater nie in den Laden gegangen, das Einkaufen hatte immer Mutter besorgt und das Kochen auch. Jetzt müsste Vater selber kochen und allein essen. Davon schrieb er nie. „Man ist müde in der Stadt." Vielleicht ist man auch allein in der Stadt, dachte sie.
– Bist du oft allein, Vater?
Auch darauf gab er keine Antwort. Vater blieb viele Antworten schuldig. Aber eines Tages würde sie ihn fragen. Er würde kommen, nach einem kurzen Zögern durch das Gartentor gehen, das jetzt immer geschlossen war, zum Rosenbeet, dann den schmalen Weg zwischen den

Beeten zum Kaninchenstall. Vater war häufig zum Kaninchenstall gegangen, hatte das Türchen geöffnet, das eine oder andere Tier herausgenommen und es gestreichelt. Im Sommer liess Vater die Tiere in einem Drahtgitter im Gras weiden. Manchmal gruben sie Löcher in die Erde und versuchten zu entkommen.
– Komm bald, lieber Vater, schrieb sie. Komm uns besuchen, Rolf, schrieb sie später.
Ob Vater durch den Keller ins Haus gehen würde oder durch die Haustür. Sie würde ihm entgegengehen und rufen: Mutter, Vater ist da. Oder: Rolf ist da. Oder einfach: Er ist da. Laut würde sie rufen, durch das Haus und hinaus in den Garten. Damit alle Nachbarn es hören konnten und die Kinder auch, die sie manchmal nach Vater fragten und ihr nicht glauben wollten, dass er bloss in der Stadt arbeite. Der ist weg, hatte Kesslers Fränzi gesagt, der kommt nicht wieder.
– Fränzi, du bist eine dumme Kuh, hatte sie gerufen und war davongerannt.
Ja, sie würde laut rufen, wenn er käme. Und Mutter würde aus dem ersten Stock kommen, wo sie ihr Arbeitszimmer hatte. Ob sie sich die Hand geben oder sich küssen würden oder einfach dastehen und nichts sagen. Sie würden sich alle drei in die Stube setzen, und Mutter würde Kaffee machen. Sie hatten fast immer in der Stube gegessen, als Vater noch da gewesen war,

er hatte das Radio laufen lassen und sich während des Essens die Mittags- oder Abendnachrichten angehört. Mit Mutter ass sie jetzt meistens in der Küche. Sie sassen beide auf der Eckbank. Zuerst hatte sie fast nicht ohne ihn essen können. Davon schrieb sie nichts.

Manchmal betrachtete sie sein Bild und fragte sich, ob Vater sich verändert habe in der Stadt. Seine Hände würden noch immer gross sein und sein Gesicht vielleicht noch immer still. Sie wünschte, er würde viel lachen in der Stadt. Vater hatte selten gelacht. Andere Väter lachten mit ihren Kindern. Auch vor dem Fernseher lachte er nie. Und dann wagte sie es auch nicht zu lachen.

Auch Mutter lachte selten, seit Vater nicht mehr da war. Manchmal am Abend, wenn sie zusammensassen, erzählte ihr Mutter von der Arbeit in der Näherei. Sechzehn Frauen waren in der Abteilung, alle hinter Nähmaschinen, im Akkord. Sie sei halt nicht mehr so flink wie früher, sagte Mutter, damals habe ihr das nichts ausgemacht, da sei sie eine der schnellsten gewesen, ihr sei alles leicht von der Hand gegangen. Seit ihrer Heirat hatte Mutter nicht mehr auswärts gearbeitet. Vater hatte das nicht gewollt. Sie sei halt schon ein wenig aus der Übung und komme deshalb manchmal ins Schwitzen, wenn sie mit ihrem Arbeitsgang nicht vorankomme, weil ihre Nachbarin dann

warten müsse und ungeduldig mit den Füssen zu wippen beginne. Mutter war müde am Abend; vor dem Fernseher fielen ihr die Augen zu.
Sie gingen zusammen ins Bett, und manchmal schlief Mutter schon, wenn sie ihr den Gutenachtkuss geben wollte.
Seit Vater nicht mehr da war, begleitete Mutter sie manchmal zur Schule oder holte sie von der Schule ab. Wenn sie in der Schule war, ging Mutter zur Arbeit. Mutter habe Glück gehabt mit der Arbeitsstelle, schrieb sie Vater, freie Arbeitsplätze für Frauen seien selten geworden, auch in der Näherei werde rationalisiert. Am Abend sass sie noch mit Mutter im Wohnzimmer. Sie durfte länger aufbleiben als früher. Am Montag hörten sie zusammen das Wunschkonzert. Ob sie für Vater einmal eine Platte wünschen sollte?
Eigentlich hatte sie gehofft, er würde an Weihnachten kommen. Er habe viel Arbeit, hatte er geschrieben, und ihr ein Paket geschickt. Was Vater wohl am Weihnachtsabend tun würde? Mutter hatte Tante Irene und Onkel Ernst eingeladen. Onkel Ernst wollte, dass sie ein Verslein aufsage vor dem Baum mit den brennenden Kerzen. Die Weihnachtsgeschichte las dieses Jahr niemand vor. Das hatte immer Vater getan. Vaters Paket hatte sie zuletzt geöffnet. Die erste Weihnacht ohne Vater, hatte sie in ihr

kleines Buch geschrieben. Mutter hatte ihr das Tagebuch zum Geburtstag geschenkt und ein Schlüsselchen dazu, damit sie es abschliessen könne. Da kannst du all deine Geheimnisse hineinschreiben, hatte Mutter gesagt, und brauchst nicht zu fürchten, dass jemand sie liest.
Manchmal schrieb sie über Vater in ihr kleines Tagebuch, malte sich aus, was er wohl tun würde in der Stadt.
Vater geht nach der Arbeit lange spazieren, schrieb sie, am Fluss füttert er die Schwäne. Dann geht er ins Wirtshaus und trinkt ein Bier. Vater ist viel allein in der Stadt. Vatergeschichten nannte sie die Eintragungen. Manchmal waren es kurze Briefe an Vater, die sie nicht abschicken wollte. Lieber Vater, schrieb sie, heute bin ich den ganzen Tag mit Widmer im Wald gewesen. Wir haben Holz gesucht und Beeren gesammelt im Rehtobel unten. Mutter macht jetzt Konfitüre daraus. Widmer hat ein grosses Feuer gemacht, und wir haben Würste gebraten.
– Du hättest dabei sein sollen, Vater.
Und manchmal nahm sie das Foto in die Hand und sprach mit Vater. Sie erzählte ihm von der Schulreise an den Thunersee, wie kalt es in den Beatushöhlen gewesen war, und dass sie beinahe das Schiff verpasst hätten. Dass sie jetzt manchmal bei Mutter schlafe, wenn sie Angst habe.

Einmal schrieb sie ihm, Mutter mache sich Sorgen um sie. Sie sei ein schwieriges Kind, habe die Nachbarin gesagt, so still und verstockt. Mutter solle auf der Hut sein, Kinder aus zerrütteten Ehen seien gefährdet und kämen leicht auf die schiefe Bahn. Wo die starke Hand eines Mannes fehle, bleibe oft ein natürliches Gefühl für das, was sich gehöre, unterentwickelt, und das sei allemal der erste Schritt zum Laster.

Und ob das Kind auch richtig esse, habe die Nachbarin gefragt, es sei ja so dünn und knochig. Mutter habe gemeint, das sei nicht so schlimm.

Man müsse die Leute halt reden lassen, schrieb er, die wüssten es eben nicht besser, sie solle sich bloss nichts draus machen. Das sei das beste.

II

Warum sie gerade an diesem Tag gefahren war, konnte sie später nicht mehr sagen. Dass Mutter gleich die Polizei benachrichtigt hatte, war ja nicht ihre Schuld. Daran hatte sie nicht gedacht.
Nein, geplant hatte sie es nicht. Der Tag war warm, ein milder Spätsommertag, Mutter bei der Arbeit; und sie langweilte sich, wollte nur ein wenig spazierengehen. Aus Neugier fragte sie am Bahnhof nach Zugsverbindungen zu Vaters Stadt. Der Mann am Schalter war freundlich, schrieb ihr alles auf. Im Haushaltportemonnaie war genug Geld, das wusste sie. Vater überraschen in der Stadt, hinter diesem Gedanken verblassten alle Bedenken. Er würde sich freuen, würde ihr alles zeigen, wo er wohnte und arbeitete, wie er lebte in der Stadt. Sie hatte eine Rose in ein Seidenpapier gewickelt. Die wollte sie ihm bringen, eine Rose aus seinem Rosenbeet. Vater würde sich freuen.

Die Häuser unten am Fluss waren alt und baufällig, verwitterte Fassaden, von denen der Putz abblätterte, genau wie Vater in seinen Briefen geschrieben hatte. Die Gasse war schmal, schattig, ein grobes Kopfsteinpflaster, über das man leicht stolperte. Vor vielen Fenstern hatte es Geranien, knallig rot die meisten.

Nummer achtzehn war ein altes Haus, eine gelbbraune Fassade ohne Blumenschmuck. Es sieht verlottert aus, hatte Vater geschrieben, wie ein Schlupfloch für wilde Tiere. Sie las die Namen auf den Klingelknöpfen. Der vierte war's: Keller, einfach Keller, kein Vorname. Zuhause stand Keller-Bachmann auf der Klingel. Ob das wirklich Vaters Klingel war? Keller gab's in der Stadt sicher viele. Sie drückte auf die Klingel. Keine Antwort. Sie klingelte noch einmal.
Sie betrat den Korridor, es war dunkel und kühl. Am Briefkasten wieder der Name „Keller".
Eine breite Holztreppe. Langsam stieg sie hinauf. Ein italienischer Name im ersten Stock. Sie ging weiter, schlich sich den Wänden entlang. Der Geruch von Bohnerwachs, von angebranntem Fleisch. Fleckig die Tapete. Abgenutzt die Treppenstufen. Wacklig das Geländer.
Eine Glastür: Keller. Sie trat in den dunklen Korridor, machte Licht, musterte die Kleider am Haken. Vaters grüne Strickjacke, ein Regenmantel. Sie atmete auf, sah drei Türen, Holztüren mit grauer Farbe übermalt, auf der einen ein Plakat. Leise ging sie im Korridor auf und ab. Vielleicht würde Vater schlafen. Zuhause hatte er manchmal über Mittag geschlafen. Sei still, sagte Mutter dann, Vater schläft.

Und sie ging auf Zehenspitzen durchs Treppenhaus, und Mutter schloss die Küchentür, damit das Geschirrklappern Vater nicht aufwecke. Vaters heiliger Schlaf.
Drei Türen. Welche sollte sie zuerst öffnen.
Auch die Schuhe standen da, Vaters schwere Wanderschuhe. Verklebt mit braunem Lehm die Sohlen. Sie hob sie auf und brach ein Stück Erde ab und zerdrückte es in der Hand zu feinem Staub, liess ihn durch die Finger rinnen.
Langsam drückte sie die Falle nieder, stiess die Tür auf. Das Zimmer war gross und beinahe leer. Ein Tisch mit Schreibzeug, ein grosser Sessel, Kleidungsstücke und Zeitungen, die herumlagen. Sie trat ans Fenster, sah hinunter auf den Fluss. Möwen hockten auf der Ufermauer. Auf Vaters Schreibtisch stand ihr Foto neben dem Foto einer Frau.
Im andern Zimmer waren Bücher, ein Bett, das zerwühlt war, Vaters Pyjama lag über dem Stuhl, zwei Weingläser standen auf dem Tisch, runde Holzbrettchen mit Käserinden, Brotkrümeln, Konfitürenklecksen.
Plötzlich wurde ihr angst, sie verkroch sich in eine Ecke, zitterte. Sie hörte das Telephon klingeln, laut schrillte es in ihren Ohren. Sie stand auf, rannte hin, blieb unschlüssig stehen, bis das Klingeln aufhörte.
Sie weinte lange vor sich hin. Aus dem ersten Stock hörte sie Stimmen, Küchengerüche stau-

ten sich im Korridor. Sie wollte weggehen, fortrennen, nie mehr wiederkommen, aber etwas hielt sie zurück. Wie gelähmt sass sie in diesem fremden Zimmer. Das war nicht Vaters Wohnung. Das war nicht Vater, der hier wohnte. Ein Mann wohnte hier. Ein Mann, den sie nicht kannte. Ein Mann, der Wein trank und Bücher las. Ein Mann in einer alten Wohnung. Und draussen wurde es langsam dunkel, Strassenlampen brannten. Und Menschen gingen über die Gasse. Hohl klangen ihre Schritte auf dem Kopfsteinpflaster.
Sie sass im dunklen Zimmer, wagte nicht, Licht zu machen. Ein schmaler Lichtstreifen fiel von draussen ins Zimmer, beleuchtete die Gegenstände. Sie hörte Stimmen, Musik, ein Lachen.
Er kam spät, der Mann. Seine Augen glänzten fiebrig. Das sah sie gleich. Gross die Pupillen, starr. Und er sah sie an. Kein freudiges Erstaunen, das merkte sie, und dass er lange brauchte, bis er lächelte und sie in die Arme nahm.
Die Frau stand nur da. Erstaunt. Oder ratlos. Sie war schön: langes rötliches Haar fiel ihr auf die Schultern. Alle drei standen sie im Korridor. Das ist Antonella, sagte der Mann und wies auf die Frau. Und nun zu dir, meine kleine Claudia, wie bist du nur hergekommen? Doch nicht etwa ausgerissen? Sie sah den Flecken auf seiner Hose, unterhalb des Knies, ein schwar-

zer Fleck, sternförmig, von einer Brombeere oder Kirsche, dachte sie.
Er beugte sich zu ihr, schob seine Hand unter ihr Kinn und drückte sachte ihren Kopf nach oben.
– Na, sag schon?
Etwas Drohendes war in seinen Worten, etwas, das ihr Angst machte. Sie gab Gegendruck, starrte auf den Teppich, sah die Schuhe der Frau: gelbe, schmale Frauenschuhe, wie Mutter sie nie trug.
– Ich wollte dich besuchen.
Das „Vater" brachte sie nicht über die Lippen, Rolf auch nicht. Die Tränen waren eine Erlösung. Nun nahm er sie bei der Hand, führte sie ins Wohnzimmer. Sie sassen am Tisch. Stumm. Neben dem Aschenbecher lag die Rose, noch immer im Seidenpapier eingewickelt.
– Willst du ein Glas Milch?
Die Frau stand auf, blickte sie fragend an. Sie nickte.
– Deine Mutter wird sich ängstigen.
Er sagte „deine Mutter", nicht „Mutter".
– Komm, ruf sie an und sag ihr, wo du bist.
Sie kam sich plötzlich dumm vor. Was würde sie Mutter sagen. Sie hatte nicht daran gedacht, dass Mutter sich Sorgen machen könnte.
Er stellte die Nummer ein, liess einmal klingeln, drückte ihr den Hörer in die Hand. Ich bin es, ich bin bei ... sie zögerte, bei Vater, sagte

sie rasch und legte den Hörer auf den Tisch. Er nahm ihn: Ja, sie ist da, heute mittag wohl ... Sie ging aus dem Zimmer, und Vater schloss die Tür hinter ihr.
— Du kannst hier schlafen, sagte er, und morgen bring ich dich zur Bahn.
Die Frau hatte ein Glas vor sie hingestellt.
— Nun, wie geht es dir denn, erzähl doch ein wenig.
Seine Stimme klang jetzt freundlicher. Die Frau war hinausgegangen. Sie sah ihn an, nein, er hatte sich nicht stark verändert. Seine grossen Hände lagen auf dem Tisch. Sie trank Milch. Und sie dachte an all das, was sie Vater hatte erzählen wollen. Aber jetzt brachte sie kein Wort heraus. Auf dem Tisch lag die Rose.
— Gut, lass uns schlafen gehen.

Es war noch früher Morgen, als sie durch die Stadt zum Bahnhof schritten. Am Kiosk kaufte er ihr eine Schokolade. Er bestellte ihr eine Ovomaltine im Bahnhofbuffet, sich einen Kaffee.
Es war kühl auf dem Perron, sie fröstelte im leichten Kleid, spürte seine grosse Hand auf ihrer Schulter. Rolf hat mich zum Bahnhof gebracht, würde sie Tante Rosi sagen. Er wartete, bis der Zug sich in Bewegung setzte. Sie sah, wie er draussen auf dem Perron stand, die Hände in den Taschen, den Hut tief in der Stirn, den

Mantelkragen hochgestellt.
Leicht bewegte sie die Hand, als der Zug zu rollen begann, und sie sah, wie er seine Hand aus der Tasche zog, sie langsam hob, bis auf die Höhe des Kopfes, wie er leicht die Finger bewegte. Langsam, wie im Takt. Sie tat es auch, bis sie ihn nicht mehr sah, nur den Nebel draussen, ein leichter Mantel, der über den Dächern lag, den Bäumen und den Sträuchern.

Der Sturz

Die Katze strich um ihre Beine. Sie schob ihr den Teller zu, schüttete Milch nach. Wieder diese Hitze. Keine Wolke, kein Lüftchen.
Die Tage waren lang und heiss. Wieder trat sie in den Garten hinaus, unter den grossen Apfelbaum. Sie folgte mit den Blicken dem schmalen Kiesweg, der zum Wald hinaufführte, sich im Grün der Wiese verlor. Kinder kamen und spielten auf Mundharmonikas. Als Kind hätte sie gern ein Instrument gespielt, Geige oder Flöte. Das ist etwas für die Besseren, hatte Vater gesagt, wir sind einfache Leute. Am Abend brachte die Bauernfrau von nebenan Milch. Sie war eine grosse kräftige Frau, die wenig sprach, sich an den Küchentisch lehnte und einem in die Augen sah, als würde sie alles verstehen.
Sie fühlte sich müde, ging auf ihr Zimmer zurück. Sie nahm sein Etui, drehte es in den Händen. Sein Schreibzeug. Er würde sich neues kaufen müssen. Er hatte es eilig gehabt. Spanien wartet. Spanien im Herzen. Er hatte gelacht. Sie war zurückgeblieben. Mit Kopfschmerzen und Schwindel. Einbildung, hatte er gesagt, alles

Einbildung. Seit sie krank war, hatte er das oft gesagt.
– Ruhe wird dir gut tun. Ausspannen.
– Fahr nur, hatte sie gesagt. Ich brauche diese Zeit. Die Distanz wird für uns beide hilfreich sein.
Das Wort Verrat hatte sie zurückbehalten: ein Pilz unter der Zunge, der von Zeit zu Zeit einen bitteren Geschmack absonderte. Seit Monaten.

Es war nicht schlimm gewesen. Ein Fehltritt. Eine Platzwunde über dem rechten Auge, Schürfwunden an Oberarm und Ellbogen, Benommenheit für ein paar Minuten, keine Bewusstlosigkeit. Sie war wieder aufgestanden, hatte die letzten Bretter zum Wagen getragen. Der Wirt war gekommen, hatte ihr einen Tee angeboten, die Platzwunde mit Watte betupft und ein Pflaster daraufgeklebt.
– Machen Sie sich nichts draus, das verheilt rasch.
Nach der Vorstellung hatte sie zuerst noch ein Bier getrunken und erst später angerufen, kurz vor Mitternacht. Da war er schon verstimmt, nahm kein Wort mehr auf, schwieg in die Muschel. Sie konnte seinen Atem hören, ein Knakken in der Leitung, andere Stimmen. Nur er sagte nichts. Seine Taktik, sie fertigzumachen. Heute lieber keinen Streit anfangen. Es war ja sein Geburtstag. Sie wollte noch bei ihm vor-

beigehen, wenn sie nachhause kam. Doch er schwieg. Beharrlich. Was mochte er haben. Sie wusste es nicht. Nach zwei Minuten hängte sie ein. Selber schuld. Sie kehrte auf die Bühne zurück, packte den grossen Kulissenbogen, ein Stück Wald: Ostrowskis Wald. Zu schwer für dich, sagte der Kollege. Ach was. Auf der schmalen Treppe der Fehltritt. Jener kleine Spalt zwischen Geländer und Stufe. Sie fiel, schlug mit der Stirn auf der Stufe auf.
Sie befühlte ihren Kopf. Schmerzen, stechend, gleich hinter den Augen, das Brennen der Schürfwunden am Arm. Sie schlürfte den Tee, schüttete Zucker nach. Das Restaurant war leer. Nur der Wirt sass neben ihr, die Hand auf ihrem Knie. Ein Küchenmädchen hantierte mit Geschirr. Im Radio die Stimme Harry Belafontes: A lonesome man. Meinetwegen, fluchte sie. Zwei Stunden würde die Heimfahrt schon dauern. Die Strassen waren vereist. Sie dankte dem Wirt, trat ins Freie. Eine Schneenacht, hell und klar, klirrend vor Kälte. Ja, die Fahrt würde dauern. Stellenweise Glatteis. Ein Besuch würde sich erübrigen. Verstimmt war er ja ohnehin.

Das war vor sieben Monaten gewesen. Ein kalter Winter mit viel Schnee. Nun war es Sommer. Aber die Schmerzen waren geblieben: Kopfschmerzen und Schwindel, Gedächtnis-

lücken, Konzentrationsschwierigkeiten und, immer wieder, diese entsetzliche Angst, schwachsinnig zu werden, zu verblöden.
Und niemand glaubte ihr.
– Du übertreibst, sagten sie.
Auch er.
Die Katze setzte sich auf ihren Schoss, mummelte sich ein. Es war gut, wieder eine Katze zu haben, wenn auch nur für ein paar Wochen. Sie fühlte sich weniger einsam in dem fremden Haus.

Letzten Sommer waren sie noch zusammen gefahren, ins Elsass, für ein paar Tage. Lange Spaziergänge in den Vogesen, die steinigen Hänge im bläulichen Dunst. Seine Nähe. Das kleine Zimmer, eine Pension am Canal des Vosges, und die Wirtin, die ihnen das Frühstück aufs Zimmer brachte, frische Croissants und dampfenden Kaffee. Hatte sie das noch einmal erneuern wollen diesen Frühling? Mit ihrer Reise nach Tenedos. Sie machte sich nichts aus Tenedos, aber sie hatte ja gesagt, sich Geld geborgt und die Warnung der Ärztin in den Wind geschlagen. Elf Wochen waren es her seit ihrem Sturz. Eine leichte Gehirnerschütterung, hatte die Ärztin gesagt, das kann dauern. Es dauerte. Die Kopfschmerzen blieben, die Schwindelgefühle auch. Doch Ruhe hatte sie sich nicht gegönnt. Wozu auch. Sie war nie krank gewesen.

In meinem Beruf liegt das nicht drin. Ferien werden mir gut tun.
Tenedos war ein Inferno: nach dem Flug der Zusammenbruch und wieder die Kopfschmerzen und Schwindelgefühle. Und er ärgerte sich bloss. Meine Ferien, sagte er. Sein Ton wurde von Tag zu Tag gereizter. Das Licht, sagte sie, ich halte dieses Licht nicht aus, dieses grelle stechende südliche Licht. Er lobte den griechischen Wein, trank reichlich, auch Ouzo, speiste ausgedehnt. Sie sass nur da, sah ihm zu, wie er ass und trank. Fand es widerlich. Und sagte nichts.
Nach sechs Tagen kehrten sie zurück. Die Ärztin verordnete Bettruhe, mindestens vier Wochen. Jetzt waren es schon neun. Und alles war noch schlimmer geworden.
– Ich kann mich nicht konzentrieren. Ich vergesse alles. Mein Gehirn hat Schaden gelitten durch den Sturz. Gehirnzellen fallen aus. Ich spüre es. Da sind Lücken. Gesprächen zu folgen, fällt mir schwer. Als sei ein Draht abgeschnitten.
Und sie begann sich alles aufzuschreiben, klebte Zettel mit Notizen, in einer fahrigen Schrift geschrieben, mit Heftpflaster an den Tischrand.
Er schüttelte bloss den Kopf, als er das sah.
– Du steigerst dich in etwas hinein. Du musst ruhig bleiben, dir Zeit lassen.

Auch die Ärztin sagte das, riet zur Entspannung, verschrieb Tabletten, immer andere, machte Spritzen.
Sie schluckte Tabletten, lag tagelang im Bett und dachte an die verpasste Arbeit. Es ist entsetzlich, sagte sie, man wird mich vergessen. Ich bin weg vom Fenster. Die Kollegen werden mich schief ansehen. Die glauben mir nicht.
Es waren solche Sätze, die sie quälten. Und mit den Sätzen kamen auch die Schmerzen, die Schwindelgefühle, kam die Angst: ein riesiges graues Gespenst, das sie gefangennahm, ihren Atem beengte. Das Blut pulsierte, stechend hinter den Augen, der Kopf wollte platzen, in tausend Stücke springen. Und alles begann sich zu drehen: das Bett, die Möbel, Teller und Tassen und Lampen. Sie schrie und schrie, kippte vornüber, schlug hart auf dem Teppich auf. Stand auf, trat ans Fenster. Lärm drang herauf aus der Gasse: Kinderstimmen, streitende alte Frauen. Sie vernahm es wie von fern. Ein Schleier war da, wie Watte, flauschig, ein irisierendes Flimmern, undeutliche Geräusche, ein Knacken, Sausen, fernes Steinerollen. Im Kopf dies Krabbeln, Sägen, Dröhnen. Wie tausend Ameisen, ein Schleifen, Rascheln, Surren.
Dann die Bilder, Ornamente von dunklem Grau, Schattenspiele, Gesichter mit verzerrten Konturen; Müdigkeit dann, Schlaf für ein paar Stunden, Träume wie von weit: das kleine Dorf

aus der Kindheit, die Ziegen am Zaun, der Milchmann, der am Morgen den schmalen Weg heraufkam. Und sie wurde noch einmal das kleine Kind, das immer mit den Katzen spielte ...
– Einbildung, sagte er, du bist unruhig, ohne Geduld.
Seine Besuche waren regelmässig, sein Ton meistens ruhig, nur manchmal etwas gereizt.
– Quäl dich nicht.
Er sass da, sprach wie zu einem unartigen Kind. Selten eine Berührung, als wäre sie aussätzig geworden. Wie Metall seine Lippen, frostig.
– Du bist herzlos geworden, sagte sie, du nimmst mich nicht wahr.
Er zündete sich eine Pfeife an, rauchte schweigend, blätterte in einer Zeitung.
– Das Alter, sagte er, hat dich ein wenig hysterisch gemacht. Das gibt sich schon.
Manchmal versuchte sie noch, sich zu erklären, sprach von Bildern, von verschwimmenden Konturen, von Eisenklammern, die an ihrem Hirn zerrten, sich knackend einfrassen und es nach aussen zogen, von Ameisen, von Käfern mit langen Beinen, bunt schimmernden Flügeln und grossen Augen, von kleinen Würmern und Maden von schleimigem Weiss ...
– Das wird sich geben.
Seine Stimme blieb unbewegt, von trockener Sachlichkeit.

Und sie hängte sich ans Telephon, wenn er gegangen war, sprach stundenlang in die Muschel, liess den anderen nicht antworten, überhörte die Ungeduld, das Seufzen. Diesen Faden halten nach aussen. Immer neue Adressen und Nummern schrieb sie sich auf, rief Leute an, die sie Jahre nicht mehr gesprochen hatte.
Und die Unordnung im Zimmer wurde grösser. Sie ass wenig. Ich habe keinen Hunger, sagte sie, wenn er ihr etwas zu essen brachte. Sie verlor an Gewicht, ihre Haut bekam kleine rote Ringe.
Sie lag in ihrem dunklen Dachzimmer. Schmale Fenster, die wenig Licht durchliessen, immer dies dämmrige Licht, das allen Gegenständen seine Konturen nahm. Und im Haus gegenüber die Alte, die stundenlang am Fenster sass und auf die Gasse starrte.
Wie hässlich meine Wohnung ist: ein dunkles Loch unter dem Dach. Aus Wohnungen hatte sie sich nie etwas gemacht. Es waren immer Löcher gewesen, in denen sie gewohnt hatte. Kaum ein Möbelstück hatte sie besessen seit ihrem zwanzigsten Lebensjahr. Wohnung, Möbel, das klang nach Sesshaftigkeit und war ihr immer vorgekommen wie ein Klotz am Bein.
– Ich lebe nur, wenn ich unterwegs bin.
Und wohin hatte dieses Unterwegssein sie geführt?
– Du hast dich immer zu etwas gezwungen.

Jetzt umfing sie, nahm sie gleichsam gefangen, zum erstenmal in ihrem Leben, eine grosse Sehnsucht nach Heimat, wie ein schwerer Geruch voll Süsse, der sich langsam aus altem Gemäuer löst, zögernd wie eine Wolke hinschwebt über der Erde, ein mattes Flimmern im Mittagslicht, das rasch sich zu verlieren droht, wenn du es nicht aufnimmst mit deiner Haut und aufsaugst mit deinen Poren.
Und manchmal, sie vermochte nicht zu sagen warum, kamen auch die Bilder, schälten sich aus ihrem unruhigen Schlaf heraus, wie schlüpfrige kleine Scheiben. Lange vergessene Jahre: Strassen waren da, Kneipen, Menschen, Gesichter, Augen, ein Mund, den sie geküsst, einen nackten Körper, den sie liebkost. Sie ging den Gesichtern nach wie einer vom Regen verwischten Spur.
Wo war sie geblieben? Wo war sie in all den Bildern? Bilder als kleine Fetzen, Steine mit scharfen abgebrochenen Kanten. Aber sie fügten sich nicht zusammen, ergaben kein Ganzes, als wären zuviele Zwischenräume verloren gegangen. Sie hatte sich kaum je Gedanken über ihre Vergangenheit gemacht, genausowenig wie über ihre Zukunft.
Sie war 46. Sprach nie davon. Ihre Tage waren ausgefüllt mit einer Arbeit, die sie liebte. Mit dem Älterwerden hatte sie nie Probleme gehabt, nicht ernsthaft jedenfalls. Gewiss waren

da manchmal Stunden, in denen sie nachdenklich wurde oder wütend. Besonders wenn er irgendwelche Bemerkungen machte, was gelegentlich vorkam.
Es mochte vor einem Jahr gewesen sein, im Frühherbst, schon gebrochen das Licht, warm und milchig die Tage, sie lag an einem Moorsee in den Tiroler Bergen, atmete den herben Torfgeruch ein, der sie an das Dorf ihres Vaters erinnerte, hörte das Klatschen der Wellen, fühlte sich eins mit der warmen Erde. Plötzlich merkte sie, wie er hinter ihr stand; sie fühlte, ohne aufzuschauen, seinen prüfenden Blick auf ihrem Körper. Sie hätte sich am liebsten verkrochen.
Seine Stimme klang wie Metall: Du kriegst Krampfadern.
Sie sprang auf, wütend, schrie ihn an und lief davon. Die Worte waren wie Messer in sie eingedrungen, hatten den Tag in fahles Licht gestürzt: Du wirst alt. Nicht mehr zu gebrauchen. Sie prüfen dich, die Männer, wie man eine Maschine prüft, der man nicht mehr ganz traut. Sie messen deinen Körper aus, Zoll für Zoll, ob er ihren Ansprüchen noch genüge oder ob sie einen jüngeren suchen müssen. Wie die Maschinen werden auch die Menschen eines Tages ausgesondert.
Jetzt kamen manchmal diese Fragen wieder, drängender. Als hätte der Sturz etwas gelöst,

was lange festgemacht gewesen war. Wie kleine Sterne schwebten sie durch das Dunkel ihres Zimmers, während sie lag und das dumpfe Dröhnen unter der Schädeldecke zunahm und durch all die Fragen noch heftiger, stechender wurde, so dass sie glaubte, schreien zu müssen. Und der Boden unter ihr schwankte. Ritzen öffneten sich, Spalten, Schründe. In ihnen schien sich alles zu verlieren, was ihr wichtig gewesen war. Sie begann mit sich selber zu reden, lange Gespräche zu führen.
Welche der vielen Rollen ist meine gewesen. Sie blätterte Fotoalben durch: Mit den Bildern und den Namen kamen neue Fragen. Wie war das alles? Und das, was du damals Erfolg genannt hast und Liebe und Freundschaft? Sie schob die Alben beiseite. Die Fragen blieben. Wie kleine Nadeln steckten sie in der Haut. Und sie waren immer da, während sie im Dämmerdunkel ihres Zimmers lag und draussen sich der Frühling in den Sommer bog, die Stimmen in der Gasse heller wurden und die Luft milder, die durchs Fenster drang und die feine Gaze ihres Vorhanges leicht bewegte.
Sie sah es kaum. Und der Schmerz wurde grösser, die Angst dunkler, schwerer. Seine Besuche seltener, sein Ton spitzer. Ihr war manchmal, als sei er in ein anderes Land gezogen. Sie sprachen nur wenig. Er sah sie kaum noch an.
— Wenn ich mein Gesicht im Spiegel sehe, wird

mir schlecht, sagte sie zu ihm.
Das sei doch nicht so schlimm, meinte er, das gäbe sich schon wieder.
Und manchmal, wenn er dasass, glaubte sie, er sei schon nicht mehr im Zimmer, und es sei nur noch eine Hülle, die dasitze, wie die abgelegte Haut einer Schlange. Und mit jedem Besuch schien er weiter von ihr entfernt. Seine Stimme hatte etwas gewollt Beruhigendes, das ihr wehtat. Wie man zu einer entfernten Bekannten spricht. Und sie glaubte, ihn aufwecken zu müssen mit einem bösen Satz.
– Du bist so gefühllos, deine Kälte, ich ertrage deine Kälte nicht mehr.
Und wenn er gegangen war, stand sie manchmal auf und schaute sich im Spiegel an.
Lange stand sie dann vor dem grossen Spiegel, schob das Gesicht ganz nah an das Glas heran. Sie sah die dichten Hautfalten unter den Augen, feine schmale Kanäle, die schräg nach aussen verliefen. Sie legte ihre Finger darauf, spürte die feinen Rillen unter den Fingerspitzen, folgte ihnen, bis sie sich verloren, und sie die glatte Haut der Wange spürte. Das kommt vom vielen Lachen, dachte sie. Das hat sich eingekerbt: die Male der Zeit. Immer hast du dich über das Altern lustig gemacht, und jetzt, zum erstenmal, tut es dir weh.
Sie trat vom Spiegel zurück, streifte mit den Händen über die Brüste hinunter auf den

Bauch. Du bist immer so stolz gewesen auf deine Brüste, jetzt machen sie dir Angst. Du vermagst nichts gegen diese Haut, gegen die kleinen Rillen und schlaffen Stellen, die feinen, fast unsichtbaren Wellen in der Bauchgegend.
Ja, du hast Angst, dass da etwas in dir sitzt, kleine Käferchen, die dich von innen her zernagen.
Sie spürte, da war etwas in Gang gekommen in ihr, das sie nicht mehr kontrollieren konnte. Es war wie eine riesige Erosion, die all das hinwegschwemmte, was ihr Grund gewesen war, und dass da plötzlich nichts mehr blieb als ein endloses Fallen, in dem alle Gewichte sich lösten und sie losbanden von der Erde, als wäre ihr hier nie ein Platz bestimmt gewesen, und alles, was sie dennoch gelebt, nur eine Abfolge flüchtiger Episoden.
Und sie bemühte sich, ihnen nachzugehen, sich in ihnen zu finden, sich als das zu sehen, was sie gewesen war all die Jahre. Sie verband die Situationen mit den Namen, den Orten ohne Zahl, den Gesichtern und Gesten, den Tagen und Nächten, den Bäumen und Jahreszeiten, den Düften und Farben. Und sie spürte, wie alles von diesem Fallen erfasst wurde. Es war ein Stieben und Tosen, ein Dröhnen, Rauschen, Stampfen, das zum endlosen Kreisel wurde in ihrem Kopf, das Gehirn, das keine Ordnung mehr leistete, ein Schwamm geworden war, der sich vollsog mit einem schweren Wasser, das al-

les auflöste und in gurgelnden Blasen an die Ränder spülte.
Und eine Panik erfasste sie, die stärker war als alles, was sie je in ihrem Leben gekannt und gefühlt hatte. Eine Panik, für die sie keine Worte fand.
Sie ging immer seltener auf die Strasse. Manchmal zur Ärztin, die ihr Spritzen machte, Tabletten und Zäpfchen verschrieb und wenig sprach.
— Das ist alles nicht so schlimm, sagte die Ärztin. Das kommt vom langen Liegen, da kommt einer leicht auf trübe Gedanken.
— Aber die Schmerzen, der Schwindel. Sie sind immer da. Ich kann nicht mehr denken, kein Buch mehr lesen.
— Nur Geduld.
Das sagte auch er. Und schnippte mit den Fingern.
Konnte er ihre Angst nicht sehen, ihre Unsicherheit?
Sie fühlte nur dieses Schwanken, innerlich und äusserlich. Als wäre sie sich abhanden gekommen.
— Ich werde nie wieder eine Rolle spielen können im Leben.
Und er stand im Raum, sicher, zog an seiner Dunhillpfeife, sprach von einer gelungenen Reportage. Er wolle endlich leben, sagte er, und der Vorwurf war deutlich herauszuhören.
— Ich bin doch krank, sagte sie, du bist so kalt,

sitzest da in fettärschiger Selbstzufriedenheit ...
Und wie sehr sie ihn auch anschrie, er zog ruhig an seiner Pfeife, beachtete nicht ihre immer heftigeren Vorwürfe. Sie stampfte, stand auf, erbrach sich. Wortlos ging er dann weg. Und sie weinte. Es tut mir leid, dass ich dich quäle, schrieb sie ihm, aber ich kann einfach nicht anders. Es ist wie ein Sog. Ihr war, als sei ihr Inneres ganz schwarz geworden, ausgebrannt von einer lange schwelenden Glut, die Zoll für Zoll sich einfrass.
Meine Gedanken und Träume und alles, was aus meinem Inneren kommt, schrieb sie, ist rabenschwarz. Ich muss das Licht in mir wieder finden, aber ich weiss nicht wie.
Lange stand sie am Fenster und schaute hinunter auf die Gasse. Mütter führten ihre Kinder spazieren, helle Gesichter, strahlend manchmal, ruhig; der Käser vom Milchladen gegenüber stand elegant und sicher hinter dem Tresen, die Hände in die Hüften gestützt, nie um einen Scherz verlegen, vor ihm die lachenden Kundinnen, Mädchen, junge Frauen; dann Liebespaare, die eng umschlungen zwischen den Häusern schlenderten; ein Rentner, der seinen Hund mit knappen Befehlen neben sich führte. Und die Sonne, die zwischen den Dächern auf die Gesichter fiel, gab allen etwas Leichtes, Fröhliches. Und alle sind sie so sicher, die da unten.

Sie hatte sich immer hübsch gefunden. Lange Jahre. Männer waren hinter ihr her gewesen. Das hatte ihr geschmeichelt. Lange Nächte in irgendwelchen Kneipen, Alkohol und Zigaretten. Das Leben in der Grossstadt. Sie hatte sich hineingestürzt, sich treiben lassen von diesem Wirbel.
Und jetzt war plötzlich dieser Ekel da, dieser Brechreiz, wenn sie nur schon an einen Mann dachte. Diese dumpfe Geschlechtlichkeit, der tierische Glanz in den Augen, wenn sie sich näherten, ihre Hände auf ihre Brüste legten.
Auch er.
Er sei anders als die andern, hatte sie gesagt, ein Überläufer. Und anfangs hatte sie es geglaubt.
Und wieder blätterte sie in den Fotoalben, nahm ein Bild heraus, drehte es vor den Augen: Stefi, der blonde Dreijährige der Freundin. Ein aufgewecktes Kind. An ein eigenes Kind hatte sie nie gedacht. Jetzt dachte sie öfter an ein Kind. So etwas Kleines, Kuschelwarmes, das deine Nähe sucht. Wie es der kleine Stefi manchmal tat, wenn sie zu Besuch war, morgens in ihr Bett schlüpfte und sich anschmiegte wie ein kleines Tier. Ein Brummelbärchen. Ein Kind kam ihr jetzt manchmal vor wie etwas lange Vergessenes, das verborgen gewesen war.
An den heissen Nachmittagen hörte sie das Kinderlachen drunten auf der Gasse, die spitzen, grellen Stimmchen. Sie hörte zu, sah auch

hin. Dann kam sie sich albern vor, schloss das Fenster und legte sich hin. Das Dröhnen wurde wieder stärker in ihrem Kopf, die Käfer krabbelten wie verrückt. Und sie lief zum Telephon. Ihm sagte sie nichts davon. Er hätte nur gelacht. Er kam immer seltener und sprach immer weniger. Manchmal nahm er noch ihre Hand, wie die einer Toten, und legte sie auf der Decke zurecht, als wäre sie ein Stück zerknülltes Papier, das man straffen musste.
Und an den langen Tagen in der dunklen Wohnung ging sie die Stationen ihrer Liebe, so nannte sie es noch immer, durch. Doch die Lücken im Gedächtnis nahmen zu. Und das dunkle Loch wurde grösser. Ihr war, als würde alles von diesem Sog aufgefressen. Und steif lag sie dann auf dem Teppich und zählte die Rillen der Tapete, hörte die Vorhänge flüstern, und im Korridor war ein langes dumpfes Schleifen. Die Schmerzen waren da, der Schwindel. Und doch wusste sie in seltenen Augenblicken, dass es längst nicht mehr der Kopf war. Nur was es war, vermochte sie nicht zu sagen. Ihr war, als hätte sie eine lange Reise angetreten, deren Ziel sie nicht kannte. Manchmal, wenn sie am Fenster stand und hinunter auf die Gasse schaute, sah sie die Menschen wie kleine Boote über den Asphalt schwimmen. Und alle Strassen wurden zu grossen Strömen. Und sie dachte dann, sie sei das ganze Leben in die falsche Richtung ge-

schwommen, und ein kleiner Sturz auf der Treppe habe genügt, dass eine Gegenströmung sie fortriss. Und sie glaubte zu spüren, wie Freundinnen, die manchmal noch zu Besuch kamen, sie immer auffälliger musterten.
Von der Krankheit sprach sie nur noch selten. Sie kannte die heimliche Verwunderung in den Gesichtern, ein fast unmerkliches fragendes Innehalten und dann, als müsste dies besonders unterstrichen werden, ein mitleidvolles Nikken. Wie man über ein Geheimnis spricht, das man schon lange kennt.
Sie merkte, plötzlich bist du draussen, gehörst nicht mehr dazu. Bist anders als die andern. Jenseits des Zauns, wie Hexen, Kinder und alte Leute. Du hast das Mal auf der Stirn. Und alle kennen das Mal, wie sie Verkehrszeichen, Zeitzeichen kennen.
Du bist die Kranke, die der Schonung bedarf. Und irgendwo drüben ist die Welt der Gesunden. Da gehörst du nicht mehr hin. Du hast deine Eintrittskarte verloren. Und das ist schlimm.
Sie sprechen noch in deiner Gegenwart, nur leiser, sie sehen dich an, nur bohrender, gütiger, nachsichtiger, scheinbar; musternder, denkst du, strenger.

Die Katze schmiegte sich ans Fenster. Sie stand auf und öffnete. Draussen im Feld stand die Bauernfrau und zettelte Heu.

Es war gut, dass er nach Spanien gefahren war und sie in dieses einsame Bauernhaus. Spanien im Herzen.
Die Kopfschmerzen hatten etwas nachgelassen, aber sie waren immer da.
Sie nahm die Katze auf den Arm und trat ins Freie. Der Kirschbaum warf einen langen Schatten auf das frischgemähte Gras. Träg lag der Hofhund des Nachbarn in der Sonne.
Über der Kiesgrube am Waldrand hingen zwei winzigkleine Wolken.
Sie machte ein paar Schritte ins Feld hinaus. Die Bäuerin winkte mit der Gabel und deutete auf die Sonne. Ein Gewitter werde kommen auf den Abend, rief sie.
Sie liess die Katze springen, ging über die Wiese auf den Kiesweg und machte ein paar Schritte hügelan.
Ich möchte, dachte sie, und erschrak darob mehr als ihr lieb war, etwas Wahnsinniges machen: mich nackt ausziehen, zum Beispiel, und schreiend über die Dorfstrasse laufen. Aber meine Erziehung hält mich noch zusammen wie ein Korsett.
Wie schwer ihr das Aufstehen wieder gefallen war, heute morgen. Sie erkannte wieder einmal, welch eine Riesenleistung das Aufstehen jeden Morgen darstellt. Und dies jahrzehntelang, Tag für Tag. Ja, eigentlich war sie schon immer unpraktisch gewesen, war nicht zurecht gekom-

men mit dem, was man Alltag nennt. Praktische Leute hatten sie schon immer angeödet, all diejenigen, die ihre Briefe ordentlich beschrifteten, die Marke millimetergenau in die rechte Ecke klebten, die Serviette elegant zu falten wussten nach dem Essen und das Besteck diagonal in den Teller legten, die immer die richtige Geste zu machen wussten und das Glas sicher zum Munde führten.

Freundinnen waren da gewesen gestern. Hatten erzählt vom Theater. Lebhafte laute Stimmen. Sie hatten sie nicht erreicht.

Sie hatte stumm dagesessen, die Ellbogen breit auf der Tischkante. Worte, die zum Dessert passten, waren ihr nicht eingefallen. Scherze hatte sie keine zur Hand. Ihre Arme waren ein paarmal hilflos durch die Luft gerudert.

Sie fand sich langweilig und spröd, wäre gerne geistreich und witzig gewesen und hätte den Leuten sicher und fest ins Gesicht geblickt. Und sie war den Blicken ausgewichen, hatte das Fensterkreuz fixiert und das Spinngewebe an der Decke.

Die Luft flimmerte über dem schmalen Kiesweg. Ein Zitronenfalter flatterte über das Gras. Sie kehrte ins Haus zurück. Die schattige Kühle war angenehm. Es war eigentlich kein Zufall, dachte sie jetzt, als sie wieder im halbdunklen Zimmer lag und draussen auf dem Felde die Bauersleute hörte, dass sie gestolpert und krank

geworden war. Eine späte Krankheit. Und vielleicht ihre letzte.
Und sie wusste nicht, wie sie weiterleben sollte, ohne wieder zu stolpern.
Und sie ging auf und ab in diesem Haus, draussen wurde der Sommer gross, die Felder dehnten sich in die Hitze, ins Blau des Himmels, ins Grün der Hecken. All die Gegenstände im Raum wurden immer fremder, bedrohlicher. Schon der Krug mit dem Kaffee machte ihr Angst, und die Teller und Tassen und das Sieden des Wassers. An die Strasse im Dorf, an die Menschen im kleinen Laden mochte sie schon gar nicht denken. Nur in ihrem Kopf dröhnte es: Wellen, wie flüssiges Blei, schwappten an die Schädeldecke, glucksten und rülpsten.
Und er war in Spanien, würde die Alhambra besuchen und Lorcas Grab. Und viele Bilder schiessen mit der Kamera. Und die Bilder einordnen und beschriften und zu den anderen legen.
Aber diese neuen Bilder wenigstens, und das empfand sie als kleinen Trost, der ihr das Herz leicht machte, würde sie nicht mehr anschauen müssen. Und sie streichelte zärtlich die Katze, die sich neben ihr auf das Kopfkissen gelegt hatte.

Besuch bei Marlene

Sie hatte geschrieben nach vier Jahren, aus dem Welschland, wo sie nun wohne: St-Aubin, ein kleines Dorf an der Eisenbahnlinie Neuenburg—Yverdon. Ein Kaff, schrieb sie, Mietshäuser von eintönigem Grau, gesichtslos, ohne nennenswerte Einzelheiten, aber Wege führen hinauf in den Jura, weite Felder, hügelige Täler, schüttere Wälder. Das würde Ihnen gefallen. Schauen Sie doch mal vorbei. Ich würde Sie gern mal wiedersehen, denn ich habe, schrieb sie weiter, noch nie jemanden kennengelernt, der so wie Sie den Mut hat, seine eigene Empfindsamkeit der Welt preiszugeben.
Das hatte ihm geschmeichelt, hatte Erwartungen geweckt. Schliesslich war Marlene seine Lieblingsschülerin gewesen, gescheit und hübsch, hübsch vor allem. Ihr Bild war ihm geblieben, auch lange nach ihrem Wegzug: das lange schwarze Haar, grosse Augen von hellem Braun, um den Mund diesen Zug von Üppigkeit, der ihm immer gefallen hatte, breite Lippen, leicht nach aussen gebogen, aber vielleicht zählte das alles nicht so sehr wie ihr helles Lachen, das ihm auch nach Jahren noch in den

Ohren klang, ein Lachen, das immer ganz nah war. Auch wenn sie sich nie zu nahe gekommen waren. Nein, passiert, so nannte er es noch immer, war nichts zwischen ihnen. Das hatte er später bereut. Aber damals, er hatte noch mit Hanna gelebt, war er noch voller Hoffnungen gewesen oder Illusionen, aber vielleicht, dachte er, sei er einfach zu brav gewesen, zu ängstlich, war zurückgewichen auf halbem Weg, wie er es oft tat. Halbheiten, hatte er gesagt, die gehören so sehr zu meinem Leben wie das Huhn zum Ei.
Marlene hatte das nicht witzig gefunden, eher beschämend. Und hatte ihn ausgelacht. Sie können schön reden, aber hinter dem Leben bleiben Sie zurück.
Das hatte ihn betroffen gemacht. Und er hatte geschwiegen.

Er sah auf. Der Intercity Basel–Genf war mässig besetzt. Gesichter hinter Zeitungen, Rentner in Wanderkleidung, kaum Gespräche.
Draussen die Winterlandschaft: spärliche Schneereste, Nebel, Grautöne, die Roos zusetzten. Früher, mit Hanna, war er jeden Winter für zwei Wochen ins Bündnerland gefahren. Sonne und Schnee, ein kleines Hotel, abends viel Wein. Roos wehrte sich gegen das Bedauern, das in ihm hochkam. Vorbei. Kein Weg zurück.

Er verlangte einen Kaffee, schüttete viel Zucker zu, ärgerte sich über den Pappbecher. Er hasste diese Pappbecher, der Karton an den Lippen ekelte ihn.

Sie sei, hatte Marlene geschrieben, letztes Jahr mit dem Fallschirm gesprungen, einen Absprung, den sie nie vergessen werde. Man fällt, klein und unbedeutend, ein winziges Teilchen im Universum, aus Zeit und Raum. Leben im Bodenlosen, hatte sie weiter geschrieben, unterwegssein mit dem Risiko, nie anzukommen. Nur aus dieser Spannung heraus bekommt unsere Existenz ihren Sinn. Alles andere ist Pappmaché.
Dieser Eigensinn hatte ihm gefallen, schon damals.
Das Unübliche tun. Das sagte er seinen Schülern. Marlene tat es. Hatte es immer getan. Mit 18 hatte sie als Beifahrerin an Seitenwagenrennen teilgenommen. War nach Padua gefahren, um die Möwen auf der Piazza im Regen zu fotografieren, ein Bild, das sie in einem Buch gesehen hatte. Seid Sand, nicht Öl im Getriebe der Welt, hatte Roos seinen Schülern gesagt. Mit schlechtem Gewissen. Weil er selber nicht danach lebte: Heirat, zwei Kinder, Reihenhaus im Akademikerviertel. Den Marsch durch die Institutionen nannte er das, ein Linker sei er trotzdem geblieben, gemässigter vielleicht,

Trotzkist mit zwanzig, SP-Mitglied mit 30. Und Faschist mit 50, hatte Marlene gesagt.
Roos ging in den Speisewagen, setzte sich, da kein anderer Platz frei war, zu einem älteren Herrn mit dunklem Anzug. Der Herr ass Nudeln an Rahmsauce und schaute Roos über die Gabel hinweg prüfend an. Roos wich dem Blick aus und schaute demonstrativ zum Fenster hinaus. Der Kellner schob Roos die Speisekarte zu. Vier Menus.
— Nummer zwei kann ich empfehlen: Nudeln mit Rahmschnitzel, schmeckt ausgezeichnet.
Der Herr strich sich mit der Serviette über den Mund und griff nach dem Weinglas.
— Viel zu teuer, der Wein heutzutage und das trotz Landwirtschaftssubventionen.
— Nummer vier und einen Zweier Dôle!
Der Kellner nickte. Roos hätte Nudeln und Rahmschnitzel der Polenta vorgezogen. Du weisst doch, dass mir Polenta nicht schmeckt, hatte er jeweils zu Hanna gesagt, die Polenta über alles mochte und sie nach einem alten italienischen Rezept zubereitete. Wie hätte sich Hanna amüsiert, wenn sie gesehen hätte, dass er im Speisewagen ausgerechnet Polenta bestellte.
Missmutig stocherte Roos in der Polenta.
— Sie lieben die italienische Küche?
Der Herr hatte eben die letzte Nudel schlürfend eingesogen und den Rahmsaucenrest mit

der Serviette aus dem Mundwinkel weggewischt; er sah nun über das Glas auf seinen Teller. Roos gab keine Antwort. Nicht mal im Speisewagen kann man in Ruhe essen. Und Leute mit Siegelring mochte er ohnehin nicht. Nach einem Espresso und einem doppelten Grappa ging er ins Abteil zurück und versuchte zu lesen.
– Mesdames et Messieurs, nous arrivons à Bienne. Deux minutes d'arrêt!
Roos legte das Buch beiseite. Vor Jahren hatte er in Biel sein Auto zu Schrott gefahren, einen alten VW, Jahrgang 57, mit geteiltem Heckfenster. Auch damals hatte er jemanden im Welschland besuchen wollen, einen Freund, der in Genf ein paar Semester Französisch studierte. In Biel hatte Roos eine Stoppstrasse überfahren und war mit einem Volvo zusammengeprallt. Totalschaden. Das Wort schien Roos manchmal wie ein Programm für sein Leben.
In Neuenburg nahm Roos den Regionalzug nach St-Aubin. St-Aubin, den Namen hatte er nie zuvor gehört. Alle ihre Briefe trugen diesen Poststempel. Roos hatte sie alle aufbewahrt. Und oft wieder gelesen. Er kannte sie auswendig. Es waren nicht viele Briefe, und sie enthielten viel Beiläufiges. Das kümmerte ihn nicht, Hauptsache, sie schrieb. St-Aubin ist ein kleines Nest, hatte sie geschrieben, typisch welsch,

und das gefällt mir.
Marlene hatte schon als Schülerin eine Vorliebe für alles Französische gehabt und eine ausgezeichnete Arbeit über Montaigne geschrieben: Die Rolle des Einzelnen in der Komödie der Welt. Darüber hatten sie lange gesprochen: Nihil est tam populare quam bonitas. Es war ein heisser Sommertag gewesen, sie waren den Rhein entlang gewandert. Sie könnte meine Tochter sein, hatte Roos gedacht, als er ihr zusah, wie sie im Ufersand Kiesel suchte und sie ihm hinstreckte, während er über Montaignes Skepsis referierte, die er als geistige Hygiene bezeichnete, seine radikale Verweigerung, als einzige Möglichkeit in der Wirrnis der Zeit zu überleben und sich selber, das Mass seiner Augen, wie Roos Montaigne zitierend, sagte, zu finden.
Sie liebe noch immer das Französische, hatte Marlene geschrieben, und habe sich auch ein wenig von der welschen Legerté zugelegt, seit sie in St-Aubin wohne.
Und doch, schrieb sie, bin ich so unruhig in letzter Zeit, all diese Wehrschautage und die immer grösser werdenden Waffenarsenale und diese kriegslüsternen Reden der Politiker. Wir leben in einer Vorkriegszeit, denke ich manchmal. Und was sind gegen all diese Tendenzen unsere Transparente, unsere Aufschreie, unsere Hoffnungen. Wie klein nehmen sie sich neben

all dem aus, was Politiker gewichtig verkünden.
Roos sah durchs Fenster. Nebel lag auf den Jurahöhen, eine Decke von Verlorensein, dachte er, und Angst. Er zerquetschte den leeren Pappbecher. Man müsste etwas tun, hatte er geschrieben, etwa ganz und gar Unsinniges, um diesen gleichmässig rollenden Moloch aufzuhalten, dieses Gespenst vom Krieg, das umgeht in der Welt. Aber auch dazu fehlt uns die Kraft. Wir sind Verurteilte, ersticken an unseren Sehnsüchten, verkriechen uns in unseren Wohnungen und jammern über das Elend der Welt, statt den Versuch zu machen, sie zu verändern.
Roos schrieb Marlene unzählige Briefe. Manchmal, aber selten, schrieb sie zurück. Immer höflich. Ihre Schreibfaulheit störte ihn nicht. Ihm war das Schreiben wichtig: sein Schreiben. Er hatte eine Leserin. Und er legte alles in die Briefe hinein, was ihn bewegte. Es war viel. Zuviel für eine Frau von 25 Jahren, die eben begonnen hatte, ihr eigenes Leben zu leben. Aber das kümmerte ihn nicht.
Die Fahrt kam Roos endlos vor. Was würde er sagen, wenn sie sich gegenüberstanden. Zum erstenmal nach so langer Zeit. Er verbarg die Enttäuschung, sie nicht am Bahnhof zu sehen, so rein zufällig, hinter einem Lächeln, kam sich, allein auf der kleinen Station, unsicher vor, fühlte Unbehagen. Das Alter, dachte er, und

die unerfüllten Hoffnungen haben dich ausgelaugt. In ein paar Jahren bist du fünfzig und weisst noch immer nicht wohin mit dir. Und abends säufst du deinen Wein und zählst die Scherben deiner Träume. Widerlich. Tattergreis in Blue jeans auf der Jagd nach jungen Frauen.
Mit Schülerinnen hatte er nie etwas gehabt. Nicht, dass er moralische Bedenken gehabt hätte, das hätte seine Aufgeklärtheit nicht zugelassen. Sie sind mir zu zickig, hatte er zu Hanna gesagt, die manchmal eifersüchtig gewesen war, wenn seine Schülerinnen ihn besucht hatten. Und zudem: alte Männer, junge Frauen, das war für ihn kein Thema. Es gab genug Kollegen, die dauernd Schülerinnen verführten, um gegen ihre schwindende Potenz anzukämpfen: Sabbergreise im Afrolook.
Roos schritt über den kleinen Platz am Bahnhofsgebäude vorbei: Gorgier—St-Aubin. Ein Name, der nichts in ihm auslöste. Aber Erwartungen weckte. Erwartungen an die Begegnung mit einer jungen Frau, die einmal seine Schülerin gewesen war. Die er begehrt hatte, damals. An Wochenenden bin ich zuhause, hatte sie geschrieben, kommen Sie einfach vorbei. Und sie hatte ihm die Lage der Wohnung beschrieben, eine Zeichnung beigelegt: ein altes Haus mit roten Fensterläden.
Erst hatte er telegraphieren wollen. Aber da

sein Besuch etwas Zufälliges und Beiläufiges haben sollte, hatte er darauf verzichtet. Jetzt bereute er es. Wenn sie nicht zuhause ist ... Er verwarf den Gedanken, steuerte auf das Café zu.
Von seiner Scheidung hatte er nichts geschrieben. Nicht dass es ihm peinlich gewesen wäre, davon zu sprechen. Aber es hätte seinen Besuch unnötig belasten können. Die soll nicht denken ...
Nach der Trennung von Hanna war er ziemlich viel allein gewesen, hatte sich eingepuppt in seinen vier Wänden. Rückzug hatte er es genannt. Endlich Zeit finden, die er in seiner Ehe nicht gefunden hatte, Zeit für das, wovon er sagte, es sei ihm wichtig, und seiner Frau vorwarf, sie zeige dafür kein Verständnis. Hanna hatte Heiterkeit geliebt, Gesellschaft, Gäste. Schunkelrunden hatte er das verächtlich genannt. Du und deine Schunkelrunden.
Roos umfasste die Kaffeetasse, blickte durchs Fenster auf den Vorplatz. Zwei Kinder spielten mit einer Katze. Wer etwas Aussergewöhnliches will, bleibt allein, hatte er damals zu Marlene gesagt, in einem ihrer langen Gespräche, die in der Abschlussklasse zur Regel geworden waren. Marlene war einzelgängerisch gewesen, unbeliebt in der Klasse wegen ihres Ehrgeizes, ihrer Lernwilligkeit, ihrer überragenden Intelligenz.
Ihr Benehmen, ihre Isolation innerhalb der

Klasse hatte ihn an seine eigene Gymnasialzeit erinnert. Auch er war ein Einzelgänger gewesen, fast ohne Kontakt zu den Mitschülern im Knabeninternat. Die langen Jahre an der alten Stiftschule: Stille hinter Klostermauern, Bücherfleiss und lange Briefe. Meine grauen Jahre, dachte Roos manchmal, sah vor sich die durch Alter und Entsagung steinern gewordenen Gesichter der Patres. Mein ungelebtes Leben.
Seit er wieder allein lebte, hatte er das Gefühl, es müsste sich etwas ereignen. Die plötzlich eintretende Wende. Der grosse Funke in seinem Leben. Weg von diesen Schwelbränden, diesen Halbheiten, dieser lustlos verrichteten Alltagsarbeit, die er leidlich versah, ohne Begeisterung, aber mit viel Routine. Manchmal versuchte er auch zu malen. Zeit dazu hatte er wieder, im Gegensatz zu früher. Die Bilder, die er manchmal, mit Widerwillen und dem Gefühl, er sei sich dies schuldig, malte, blieben blass, uninspiriert, als fehlte ihnen ein inneres Feuer, eine Kraft, aus der sie lebten. Etwas muss sich ereignen, dachte er dann, muss einbrechen in mein Leben, ein Feuer, eine Glut, die mich aufheizt, diese quälende Langeweile wegschmilzt wie Butter.
Haben Sie wieder gemalt, hatte Marlene in einem Brief gefragt. Seine erste Ausstellung hatte damals stattgefunden, als Marlene zu ihm in die Klasse ging: Landschaftsmalereien.

Roos hatte auf die Frage ausweichend geantwortet, von schwierigen Produktionsbedingungen gesprochen, von fehlender Zeit, von grosser Beanspruchung durch den Beruf. Aber dass das Malen ihm noch immer viel bedeute: ein neuer Zyklus sei entworfen, teilweise ausgeführt, zudem treibe er Studien, die ihn über Jahre beschäftigen würden, einmal müsste der grosse Wurf gelingen. Daran glaube er, und niemand könne ihm diesen Glauben nehmen.

In dem kleinen Bahnhofcafé – Café Terminus, las Roos auf der Speisekarte – waren nur wenige Gäste. Zwei alte Männer, die still Wein in sich hineintranken, den Blick auf die Tischplatte geheftet, nur ab und zu den Kopf hoben, um nach der Kellnerin zu sehen. Schmutzigbraune Schneereste umgaben den Platz, ein Postauto stand mit geöffneten Türen vor dem Eingang. Einen Moment dachte Roos daran, zum Telephon zu gehen und Marlene anzurufen.

Obenauf in der Reisetasche lag der Wein, eine Flasche Chianti-Monteriggione, den er damals in der Toskana gekauft und seither sorgfältig im Keller verwahrt hatte.

Roos liebte die Toskana seit vielen Jahren, besonders die Gegend zwischen San Miniato und Poggibonsi. Die Landschaft war mild und gelassen, weiche Linien, sanfte Hügel, alte Städte. In Castellino kannte Roos einen greisen Sarden, der ein kleines Restaurant führte, mit nur zwei Tischen. Wenn mehr als vier Gäste da waren, schloss er ab und kochte.

In der Toskana waren sie sich erstmals nahe gekommen, er und Marlene, aber nicht zu nahe. Roos hatte Sommerkurse geleitet: die Baukunst der Renaissance.

Eines Abends hatten sie draussen am Steintisch lange diskutiert, da hatten sich ihre Hände manchmal wie zufällig berührt. Einmal hatte Roos ihren Schenkel deutlich an dem seinen gespürt.

Nach Mitternacht waren sie noch ein Stück zusammen in den Rebberg spaziert. Dunkel stand vor ihnen das Schloss von San Gimignano. Die Weinberge der Medicifürsten, Lorenzo il Magnifico habe sie angelegt, hatte Roos gesagt. Drüben, im Duft der Oleanderbüsche, Volterra, die alte Etruskerstadt mit der wuchtigen Mauer und den Grabpalästen, mit ihren Aschenkasten in Terrakotta und Alabaster, den vielen Frauenfiguren auf den Urnen: etruskische Verehrung für das mütterliche Element dieser vulkanischen Erde, die sich dunkelrot ins Land dehnte; unten, in östlicher Flucht, der Fluss mit dem weiblichen Namen Elsa, schmal an dieser Stelle, mit flachen sandigen Ufern und einer kleinen Brücke. Hier in der Nähe muss Hannibal auf seinem Zug nach Italien mit seinen Kriegselefanten vorbeigekommen sein vor

der Schlacht bei den Trasimenischen Seen.
Marlene hatte ihn nur angeschaut und gelacht.
Und Roos war sich lächerlich vorgekommen: mit einer jungen Frau, die seine Tochter hätte sein können, draussen im Rebberg, eine warme Nacht. Und er sprach von den Schlachten der alten Römer.
Damals in der Toskana wäre es möglich gewesen. Eine kleine Geste von ihm, Roos, hätte genügt. Er hatte gespürt, wie sehr das junge Mädchen darauf wartete, aber es ihm, Roos, als dem Älteren, überliess.
Dein Leben ist voll von Versäumnissen. Das sagte er sich immer wieder. Und diese Einsicht plagte ihn, gab ihm das Gefühl, etwas nachholen zu müssen. Mit 44 Jahren etwas nachholen zu müssen.
Vielleicht habe ihn das immer weiter von Hanna weggeführt, sagte er sich manchmal, und es klang wie eine Anklage: Hanna hindert mich am Leben. Hanna schränkt mich ein, macht mir Vorschriften. Hanna erstickt mich. Hanna der grosse Python. Hanna der Würgeengel.
Und was hatte er getan, seit er wieder allein war. Briefe geschrieben. An Marlene.
— Ich fahre ins Welschland, ich werde Ihnen schreiben.
Ihr letztes Gespräch. Sie trug den braunen Regenmantel. Das „Du", das er ihr anbieten wollte, war nicht über seine Lippen gekommen, so

war in den Briefen das „Sie" geblieben.
Nach drei Jahren war eine Karte gekommen, zu Weihnachten. Und er hatte geantwortet, sie gebeten, sie möge doch schreiben, wie es ihr so gehe in der Welt. Der Satz ärgerte ihn später, er war sich aufdringlich vorgekommen und froh gewesen, dass sie dann doch nicht geschrieben hatte.
Später hatte sie einen langen Brief geschrieben. Und Roos hatte geantwortet, ihre Einladung angenommen.
Für ein Wochenende.

Er fand das Haus leicht. Er hatte ihre Skizze im Kopf: die feinen Striche und Pfeile auf dem weissen Papier.
Sie schien nicht überrascht, hiess ihn eintreten. Er sah die grosse Bogenlampe über dem Tisch, die japanischen Tuschzeichnungen an der Wand, ausgebreitete Tarotkarten, eine Wasserpfeife, Bücher über Yoga und Meditation, Emaillegefässe mit Körnern, Getreidebüscheln, getrockneten Blumen. Fluchttendenzen, dachte er. Über dem Stuhl hingen ein Herrengilet und eine rote Krawatte.
Er rutschte im Korbsessel hin und her, nestelte in seiner Hemdtasche, zündete sich einen Zigarillo an. Sie schob ihm einen Aschenbecher zu. Roos spürte die Schweisstropfen auf der Stirn. Marlene brachte Wein, legte Musik auf, etwas

Amerikanisches, das er nicht kannte. Er fühlte sich beobachtet, suchte nach Worten, trank hastig. Sie sass da, schwieg, lächelte auch manchmal, was ihn irritierte. Sie gefiel ihm in dem weiten Kleid, aber das sagte er nicht.
– Nun, wie geht's so in der Fremde?
– Du weisst ja, ich habe es dir doch geschrieben. Der übliche Alltagskram auf der Uni. Die grossen Illusionen bin ich rasch losgeworden. Plackerei, Sachzwänge.
– Es ist ruhig hier. Du hast nicht oft geschrieben.
– Ja, ich weiss, Stilprobleme, Faulheit.
– Du spielst noch Tennis?
– Manchmal, am Sonntag.
– Die Gespräche mit dir haben mir gefehlt.
– Magst du Tortellini? Ich werde Tortellini kochen.
– Die Gespräche über Montaigne und Rousseau, die habe ich nie vergessen.
– Und deine Kinder, bringst du sie auch ins Findelhaus?
– Noch immer boshaft. Wie damals.
– Du malst noch?
– Manchmal, Tuschzeichnungen, selten Aquarelle. Ich habe dir einige mitgebracht. Eine Serie aus der Toskana, aus jener Gegend, in der wir gewesen sind, erinnerst du dich an den roten Hügelweg durch die Rebberge?
– Du warst ein guter Fremdenführer, elegante

Erscheinung, sportlich, witzig, gediegene Diktion, spezialisiert auf Schulklassen und Mädchenpensionate. Weisst du noch, wie diese aufgetakelten Engländerinnen scharf auf dich waren?
— Immerhin war es eine schöne Zeit, die langen Abende besonders, der Fluss, Giovannis Bar.
— Und deine Reden über die Punischen Kriege.
Sie lachte, ging in die Küche und machte sich am Herd zu schaffen. Er sass allein im halbdunklen Zimmer.
Aufstehen und gehen, dachte Roos, der sich miteinemmal ausgesetzt fühlte, sich lächerlich vorkam. Wie oft in seinem Leben war er sich lächerlich vorgekommen. Und hatte deswegen den Augenblick versäumt. Immer die Angst, er hätte sich zu weit vorgewagt. Angst, die umschlug in das Gefühl der Lächerlichkeit. Auch diesmal.
Er war froh, als sie das Essen brachte. Ist bloss aus der Dose, sagte sie und lachte.
— Es gefällt mir, sagte sie. Was, dachte er und stocherte im Teller herum, trank Wein. Er holte seine Flasche aus der Reisetasche und stellte sie auf den Tisch.
— Die habe ich aufbewahrt seit jenem Sommer.
— Nett von dir, sagte sie und trat ans Fenster.
Er wusste jetzt, er musste gehen. Es war nichts passiert. Das einzige, was ihm einfiel.

Nichts als Liebe

Ihr Spiel war glänzend. Ich habe sie in jeder Rolle gesehen. Vollkommene Körperbeherrschung, müssen Sie wissen, konzentriert und leicht, nie verkrampft, spielerisch, als machte sie alles beiläufig, zufällig, spontan. Sie verstand es, Nuancen zu setzen, Zwischentöne, fein abgestuft, herauszuarbeiten, mit wenig Aufwand, ein wahres Naturtalent, sagte ich mir immer, zum Spielen geboren. Schon in der Wiege musste das klar gewesen sein, und später in der Schule, die Lehrer hätte ich sehen wollen, mit einer solchen Schülerin. Also wenn ich ihr Lehrer gewesen wäre, die hätte alles tun dürfen, ich hätte es ihr verziehen, jeden Streich hätte ich ihr verziehen. Ihr zu verzeihen, wäre mein grösstes Vergnügen gewesen.
Und sie hat mich an Ute erinnert. Ich weiss nicht warum. Viele Jahre habe ich Ute verehrt, was heisst verehrt, geliebt habe ich sie. Und wie. Ute war die grosse Liebe meiner Jugend. Eine Liebe, wie sie einem nur zwei-, dreimal im Leben widerfährt.
Dass sie mich an Ute erinnerte, das war vom ersten Augenblick an klar, damals an jenem

Samstag, als ich sie zum erstenmal sah, ich erinnere mich genau an den Tag, es war Spätsommer, Ende August, ich kam vom Spielen. Ich spiele immer am Samstag von zwei bis vier. Punkt vier höre ich auf, das habe ich mir vorgenommen, das ist mein Prinzip, und an meine Prinzipien halte ich mich. Spielen gehört zu meinen kleinen Sünden, jeder hat ja seine Schwächen, besonders wenn er arbeitslos ist, meine sind die Flipperkästen.
Es gibt schlimmere, das kann ich Ihnen versichern, ja da könnte ich einige aufzählen, da würden Sie staunen, was es alles gibt heutzutage, all diese Spielleidenschaften, denen die Leute ergeben sind. Was sag ich ergeben, süchtig sind sie, angefressen, völlig angefressen, also da ist mein Flippern geradezu heilig, ein Kavaliersdelikt, wenn man überhaupt von einem Delikt sprechen kann.
Es muss fünf nach vier gewesen sein, ich hatte eben den Spielsalon verlassen, ich spiele immer im Las Vegas, zwölf Flipperkästen stehen im Raum, dies Schnarren und Schnattern müssten Sie hören, das Blinken all der Lämpchen, das Klappern der Münzen, faszinierend ist das und irgendwie erhaben, und all die Gesichter der Spieler, die sich über die Kästen beugen, ernst und angespannt, entrückt, die Hände an den Knöpfen, die Hemdsärmel aufgerollt. Ich liebe diese Atmosphäre, all die Geräusche und Lich-

ter, die knisternde Spannung, die in der Luft liegt, die Aufschreie der Spieler, eine tiefe Faszination geht von all dem aus, immer neu, immer wieder packend. Wie geblendet tritt man hinaus auf die Strasse, mit einem Gefühl tiefer Befriedigung, mit Stolz.

Mitten auf der Strasse hab ich sie gesehen. Und wie der Blitz hat es mich getroffen. Und sie hat mich gleich an Ute erinnert. Ich zuckte zusammen, blieb wie erstarrt stehen, wollte Ute rufen. Da war sie schon vorbei. Ich gestehe es, ich bin ihr gefolgt, bis sie in einem Hauseingang verschwand. Ich habe damals noch nicht gewusst, dass sie beim Theater war. Ich ging nie ins Theater, das ist nichts für unsereins, das ist etwas für feine Leute, obwohl das Theater unserer Stadt nur ein kleines ist.

Vielleicht war es ihr Haar, das mich an Ute erinnerte, dunkelbraunes Haar mit einem rötlichen Schimmer, kurz geschnitten. Ute trug ihr Haar immer kurz. Manchmal habe ich mir gewünscht, sie würde es wachsen lassen, weit über die Schultern hinunter. Und ich stellte mir vor, wie meine Hände über dies lange Haar gleiten würden: Utes schönes Haar.

Einmal bin ich dann ins Theater gegangen, an einem Mittwoch, wenig Leute waren da. Ich sass ganz hinten, unauffällig, ganz in der Ecke. Später habe ich immer in der zweitvordersten Reihe gesessen, in der Mitte. Immer auf dem

gleichen Platz. Natürlich hoffte ich, sie würde mich sehen, mich als einen treuen Besucher schätzen, mir zunicken mit einer Geste, die etwa heissen würde, freut mich, dass Sie da sind, ohne Sie könnte ich gar nicht spielen. Mehr als eine solch kleine Geste hätte ich gar nicht erwartet. Und das ist doch nicht zuviel, meinen Sie nicht auch?
Mein Applaus war echt. Galt ihr. Sie war die beste, ragte heraus aus den andern, eine grosse Begabung, nicht vergleichbar mit all diesen niedlichen Püppchen, die ich vom Fernsehen kannte, die immer so rachitisch dreinschauen und so zuckersüss lächeln, als hätten sie eben einen Honigtopf verschluckt. Nichts davon bei ihr. Ihre Knickse vor dem applaudierenden Publikum waren eher scheu, verlegen, wie mir schien, ihr Lächeln bloss angedeutet, still, sehr würdig. Ja, würdig ist das richtige Wort. Würde war in ihrem Wesen, Anmut. Wie bei Ute. Das wusste ich genau. Vielleicht hat mich ihr Spiel auch fasziniert, weil ich selber ein Spieler bin und um die Ausdauer weiss, die es braucht, die angespannte Konzentration. Dennoch darf man sich nicht verkrampfen, muss immer lokker bleiben, gelassen und ruhig. Das beherrschte sie, schien ganz in ihr zu sein, als wär es ihre Natur. Das versuchte ich zu übernehmen. Wenn ich vor dem Flipperkasten stand, stellte ich mir vor, mit welchen Bewegungen sie das

Gerät bedienen würde, wie leicht ihre Handflächen auf dem Glas auflagen, die Finger locker über der Kante, den Zeigefinger auf dem Drükker, das Gesicht ruhig, den Blick auf das Spielfeld geheftet, aufmerksam der Bleikugel folgend, die zwischen den Lämpchen kollert, das blitzschnelle Drücken der Flipper, wenn die Kugel unten ist, keine Seitenblicke auf andere Spieler, wie ich das zuweilen tat. Nur die Konzentration auf das eigene Spiel.

Der Erfolg blieb nicht aus. Schon am ersten Samstag brachte ich es auf ein Freispiel, ein zweites verfehlte ich knapp. Ich jubelte. Dank Nina, schrie ich durch den Spielsalon. Und alle sahen mich erstaunt an, schüttelten den Kopf. Ich war wie betrunken, als ich auf die Strasse trat. Nina hatte mich weitergebracht. Nina, das war der Name, den ich ihr gab, er gefiel mir, wie der Name Ute mir gefallen hatte, wenn auch Ute in Wirklichkeit nicht Ute geheissen hat, aber für mich war sie Ute, und Nina war für mich Nina. Alles andere interessierte mich nicht.

Theaterbesuche wurden für mich ebenso zur Gewohnheit wie das Flippern am Samstag, nur dass sie seltener waren. Mehr als drei bis vier Stücke wurden nicht gespielt pro Saison. Ich ging jetzt an die Premieren, obwohl da immer eine Menge Leute sassen, zu denen ich nicht passte. Feine Herren in teuren Anzügen, mit weissen Hemden und Krawatten, meist in Begleitung von ebenso sorgsam gekleideten Damen mit einem Make-up, das sie zeitlos machte, apart jede Bewegung, immer in einer Haltung, als würden sie gleich etwas furchtbar Wichtiges, ja geradezu Lebenswichtiges sagen. Fürchterliche Leute, sag ich Ihnen, widerlich diese Eitelkeit und Aufgeblasenheit, was sag ich widerlich, geradezu unerträglich. Und breit wie die Kastanienbäume auf dem Kirchplatz standen sie da, selbstsicher, hielten nachlässig das Programmheft in den Händen, blätterten es durch, ohne darin zu lesen, oder benutzten es als Fächer; oft standen sie in kleinen Gruppen, redeten miteinander, mit gewichtigen Gesten, halblaut, in gemessenem Tempo, dann steckten sie die Köpfe zusammen, brachen in ein Gelächter aus, die Damen hielten die Hand vor den Mund oder wendeten sich für Sekunden verlegen ab, geziemend jede Bewegung, wie Puppen, die nicht mehr alle Glieder bewegen können. Glauben Sie mir, diese Premierenbesucher waren die fürchterlichsten Leute, die mir je begegnet sind: stolz und eingebildet. Und mit unsereins wollen die nichts zu tun haben. Für die sind wir bloss Abschaum. Sie sahen sich nach allen Seiten um, bevor sie sich endlich setzten, nickten nach vorn und hinten, die Damen glätteten den Rock unter dem Arsch, damit ja keine Falte in die Fettwülste schnitt.

Die sollten mal vor dem Flipperkasten stehen, dachte ich, und mit ihren Gichtfingern die Knöpfe zu bedienen versuchen. Das wär etwas gewesen, die im Spielsalon, mit ihren Propellern um den Hals, ein Hau-den-Lukas unters Kinn oder einen Bolzen in den Arschbacken.
Und ich hatte Mitleid mit Nina, dass sie vor solchen Leuten spielen musste. Du wirfst Perlen vor die Säue, Nina, dachte ich für mich. Nina würde froh sein, mich zu sehen neben all dem Parfumpack und Krawattengeschmeiss. Das Parfüm würde Nina beim Spielen beeinträchtigen, ihren Atem hemmen, aber meine Anwesenheit würde sie beruhigen, ihr das Gefühl von Unterstützung geben, von Solidarität. Mit einem leisen Nicken deutete ich Nina meine Gegenwart an, lächelte ihr zu.
Trotz dieser Leute liess ich keine Premiere aus. Ich wollte zu den ersten gehören, die Nina in ihrer neuen Rolle sahen. Meine Spannung wuchs ins Unerträgliche, wenn es auf eine Premiere zuging. Ich las alles, was im Lokalteil der Zeitung über das Theater geschrieben stand; manchmal gab es Berichte mit Szenenfotos über die Probenarbeit. Ich suchte Nina auf den Bildern, war überglücklich, wenn ich sie auf einem Foto sah, schnitt Berichte und Bilder aus und verwahrte sie in einer Mappe. Später klebte ich sie auf schwarzes Papier, band die Blätter zu einem Album: mein Ninabuch.

Ich war ein aufmerksamer Zuschauer, ging mit, mein Körper war angespannt, aufs äusserste konzentriert, genau wie beim Flippern: das aufmerksame Verfolgen der Kugel, das Abwarten des richtigen Augenblicks zur Betätigung des Flippers. Der richtige Augenblick im Theater war für mich der Auftritt Ninas, diese Spannung, bis sie endlich kam, die Frage, welchen Typ von Frau sie diesmal spielen, welches Kleid sie tragen würde. Ich folgte ihren Bewegungen, keine Geste entging mir, kein Lachen. Ich nahm alles auf, was Nina tat. Ich lernte Nina auswendig, wie man in der Schule ein Gedicht auswendig gelernt hatte: die Gebärden ihrer Hände, die Schatten unter ihren Augen, ein Zittern um die Mundwinkel, der bald liebliche, einschmeichelnde, bald trotzige Klang ihrer Stimme. Ich war ein guter Schüler: aufmerksam in der zweiten Reihe, unauffällig, aber gespannt. Und ich applaudierte, schlug mit Kraft die Hände zusammen, bei Nina besonders, sie verdiente Sonderapplaus, das war klar, jedem musste das klar sein. Auch den blasierten Herren mit ihren fettärschigen Damen, die während der Vorstellung dauernd geflüstert und von meinen missbilligenden Blicken keine Notiz genommen hatten, sehr zu meinem Ärger, ein Ärger, der sich mit jeder Vorstellung steigerte und nur durch Ninas Spiel im Zaum gehalten wurde.

Nach der Premiere sassen die Schauspieler oft mit den Zuschauern zusammen. Ich wartete, bis Nina sich irgendwohin gesetzt hatte, und suchte dann einen Platz, von dem aus ich sie bequem beobachten konnte. Sie wirkte fröhlich, sie trug meist einen blauen Pullover, an dem sie die Ärmel zurückkrempelte, eine Bewegung, die sie während des Gesprächs mehrmals wiederholte, wie zur Kontrolle. Und Nina trank Bier, immer ein grosses, gleich aus der Flasche. Sie musste Durst haben, diese stickige Luft im Theaterraum, der Staub auf der Bühne, das gleissende Licht der Scheinwerfer, das die Kehle austrocknete. Sie musste trinken, das verstand ich; nach dem Bier bestellte sie Roten, einen Halben, dann einen Zweier.
Ich beobachtete sie aus meiner sicheren Entfernung, unauffällig, diskret, ja diskret. Ich bin ein diskreter Mensch, müssen Sie wissen, ich hasse aufdringliche Leute, sie gehen mir füchterlich auf die Nerven, all diese Anquatscher, wissen Sie, die einen einfach so anmachen, so unvermittelt und direkt und irgendeinen Mist erzählen, einen saudummen Witz oder so ähnlich, ankotzen könnte ich sie, richtiggehend ankotzen. Manchmal sah ich da welche, die machten sich an Nina heran, drängten sich vor, indem sie irgendwelche Scherze machten oder ein Kompliment, um sich ins Spiel zu bringen, an Nina heranzukommen, plump, sag ich Ihnen,

ganz plump. Da war ich anders, im Hintergrund, diskret eben, zurückhaltend, ein stiller Mensch, ja ich bin ein stiller Mensch. Schon mein Lehrer sagte das, du bist ein stiller Mensch, sagte er, man wird dich leicht übersehen. Auch mein Chef sagte das, bevor er mich entlassen hat, du bist zu scheu, sagte er, du musst dich wehren, Jakob, sonst kommst du unter die Räder. Mich drängte es nicht ins Rampenlicht, das gehört sich nicht für uns kleine Leute. Ich bin nie so einer gewesen, keiner, der sich an die Mädchen heranmachte, ich war immer einer, der aus der Ferne liebt und verehrt. Auch bei Ute ist das so gewesen und bei den Mädchen, mit denen ich zur Schule ging. Nie hab ich diese plumpen Komplimente gemacht, mir widerstrebten diese verlogenen Sätze, lieber blieb ich im Hintergrund, wartend, bis der Zufall es fügte, das Schicksal, das über uns Menschen waltet. Und so tat ich es auch bei Nina.

Nach den Premieren schrieb ich Nina Briefe, lobte ihr Spiel, sagte, wie sehr es mich entzückt hätte, unterschrieb als unbekannter Verehrer. Es müsste Nina freuen, dachte ich, unbekannte, nicht genannt sein wollende Verehrer zu haben, uneigennützig und treu. Das müsste ihr schmeicheln, sie bestätigen, ermutigen in ihrer aufreibenden Arbeit. Ich berichtete ihr auch von meinen Fortschritten im Flipperspiel, die nur durch ihr Vorbild möglich geworden seien. Sie hätte einen anderen Menschen aus mir gemacht. Wie eine Neugeburt sei das, schrieb ich, kaum zu erklären, aber wunderbar, ja ein Wunder sei es, eines der grössten, das ich erlebt hätte. Und ich schrieb ihr von Ute, wie sehr sie Ute ähnelte, ja, dass ich sie am Anfang für Ute gehalten hätte. Ute, die eine grosse Liebe meines Lebens gewesen sei.

Ich las die Theaterkritik in der Lokalzeitung, wurde unwillig, wenn Nina nicht gelobt wurde, einmal schrieb ich auch einen Leserbrief, der aber nie abgedruckt wurde, leider.

Nina wurde mein Leben, sie war immer da, besonders aber am Samstag beim Flippern, ich spürte, wie sie hinter mir stand, mich zur Konzentration anhielt, mich tadelte, mit sanften Worten, wenn ich vorschnell reagierte, mich lobte, wenn ein Freispiel herausschaute. Ninas Gegenwart verwandelte den Spielsalon; mit leiser Scheu und Bewunderung wurde sie betrachtet, ich spürte die neidvollen Blicke all der Spieler auf mir, weil ich eine solche Begleiterin bei mir hatte. Ich war geachtet im Las Vegas, bewundert, benieden.

Und meine Fortschritte waren unübersehbar, ein Freispiel fast immer, manchmal sogar zwei. Ich wurde der grösste Flipperspieler aller Zeiten. Und alles dank Nina. Nina, mein guter Engel.

Eine oder zwei Wochen nach der Premiere ging ich erneut in eine Vorstellung, um Nina in der gleichen Rolle nochmals zu sehen. Ich achtete genau darauf, ob ihre Bewegungen sich verändert, ihre Gesten die gleiche Selbstverständlichkeit behalten hatten oder einfach stumpfe Routine geworden waren, abgedroschen und mechanisch. Ich lernte Ninas Rollen kennen, sah sie als Marie, die sich einem Tambourmajor hingab, als kleines Dienstmädchen, das einen Nazi liebte, eine Schürze trug sie da und schälte Kartoffeln. Wie sehr mir das gefallen hat, meine kleine Nina als Küchenmädchen, einfach niedlich, sag ich Ihnen, einfach niedlich.

Welch überzeugende Bestimmtheit sie jeder Rolle zu geben vermochte, meine Nina, immer neu, immer eine andere Frau. Und ich liebte immer die Frau, die sie gerade spielte. So blieb meine Liebe wandelbar, dynamisch gewissermassen, nicht fixiert auf eine äussere Erscheinungsform, sondern dem Innern, dem wahren Kern ihres Wesens zugewandt. Und meine Liebe wurde immer neu, stumpfte nicht ab.

Vollkommen irritiert war ich, als sie die Lulu spielte. Diese vielen Männer, mit denen sie schlief. Und dazu lachte, als hätte jemand einen schlechten Witz gemacht. Und wie sie über die Ottomane sprang, das Negligé herunterzog und wieder lachte, ihre schöne, runde Brust fast ganz entblösst bis zum Ansatz der Brustwarze,

all den Blicken ausgesetzt, diesen lüsternen, geilen Krawattenträgern.
Das habe ich fast nicht aushalten können. Das war zuviel. Frivol war das. Mein Applaus musste sich diesmal in Grenzen halten. Zu meinem Bedauern, wie Sie sicher verstehen können. Zu meinem allergrössten Bedauern. War dieser Doktor Schön doch ein Schuft. Und ihn auch noch zu heiraten. Also das ging zu weit. Das hätte meine Nina nicht tun dürfen. Da war ich echt böse auf Nina. Drei Wochen bin ich nicht ins Theater gegangen. Und das Flippern habe ich auch sein lassen. Es sollte mich nicht an Nina erinnern. Nicht an Lulu. Ich bin für das Saubere in der Kunst, für das Präzise, ich brauche etwas fürs Gemüt. Nein, Lulu hätte sie nicht spielen sollen. Das hätte ich ihr verbieten müssen. Zu ihrem Schutze, verstehen Sie. Sie soll sauber bleiben, meine kleine Nina.
Später bin ich wieder ins Theater gegangen. Ich habe ihr verziehen. Es machte mich glücklich, ihr verzeihen zu können.
Manchmal wartete ich, bis sie aus dem Theater kam, verbarg mich irgendwo im Dunkeln, in einem Hauseingang oder hinter einer Hecke. Ich hoffte, sie käme einmal allein aus dem Theater, und ich könnte sie ansprechen, mich vorstellen, sie zu einem Glas Wein einladen, sie fragen, ob sie mitkäme zum Flippern am Samstag. Nina kam nie allein aus dem Theater, im-

mer waren Freunde, Freundinnen dabei. Sie lachten, machten Spässe, waren immer sehr ausgelassen, heiter und übermütig, als hätte das Theaterspielen sie glücklich und fröhlich gemacht.

Ich folgte ihnen, in gemessenem Abstand, unauffällig, freute mich, dass Nina fröhlich war, unbeschwert. Ich kannte bald ihre Stammlokale, wusste, was sie zu essen und zu trinken pflegte. Wenn viele Leute da waren, ging ich auch ins Lokal, sah ihnen zu. Manchmal ging ich erst anderntags ins gleiche Lokal, bestellte den gleichen Wein, Ninas Wein, ein Kalterersee, ein leichter, bekömmlicher Wein. Nina schien etwas von Wein zu verstehen. Sonst trank ich selten Wein, bevorzugte Bier. Nina machte mich zum Weintrinker. Und ich ass Ninas Lieblingsspeise, Nudeln an Rahmsauce, Randensalat.

Meine Fortschritte im Flippern hielten an, meine Konzentrationsfähigkeit nahm zu, das Blinken der Lämpchen verwirrte mich nicht mehr. Freispiele waren schon Gewohnheit.

Ich galt etwas.

Ich war zum bewunderten Flipperspieler geworden, zum Meister der Apparate. Dank Nina. Ich wollte Nina danken, ihr sagen, wie sehr sie mein Leben verändert habe, wie glücklich ich durch sie geworden sei. Ich schrieb ihr wieder ab und zu einen Brief, legte manchmal eine

Zeichnung bei: Nina in einer ihrer Rollen. Und ich schrieb ihr, was ich für sie empfand, Liebe, schrieb ich, nichts als Liebe.

Einmal hatte ich Glück: Sie kam allein aus dem Theater, ich sah es von meinem Versteck aus, sie schien müde, ihr Blick hatte etwas Abwesendes. Aber wie ich sie so allein durch die Strasse kommen sah, den blauen Schal über das leichte Sommerleibchen geworfen, nachlässig, und ihre leichten tänzelnden Schritte, ein Trippeln beinahe, das hohl klang auf dem Kopfsteinpflaster, wie ich sie so daherkommen sah, geradewegs auf mich zu, wissen Sie, da erschrak ich so sehr, dass ich in meinem Versteck nicht einmal zu atmen wagte. Mein Herz zersprang fast vor Angst, ich blieb, verharrte, bis sie vorüber war. Und ich nahm ihr Kommen als gutes Omen für meine Sache. Vielleicht würde sie jetzt öfter allein aus dem Theater kommen, und ich könnte sie ansprechen. Nun war ich vorbereitet, ging fast jeden Abend hin. Und ich hatte wieder Glück. Sie kam allein nach einigen Tagen. Ich ging hinter ihr, hielt Abstand, näherte mich, leise, sprach sie an. Sie drehte sich um, schien erschrocken, meine kleine Nina, erschrocken. Fürchten Sie sich nicht, sagte ich, und ich stellte mich vor, lobte ihr Spiel, sprach von meinen Flippererfolgen, und wie sehr sie mein Leben verändert habe.

Sie stand da, staunte, dann lachte sie. Sie sind

also dieser unbekannte Verehrer mit seinen verrückten Briefen, sagte sie. Ja, sagte ich, und sah sie an und begann zu reden, sagte ihr all das, was ich ihr schon lange hatte sagen wollen.
Und sie lachte wieder, lachte laut auf, ein Lachen, das mir durch Mark und Bein ging. Nina lachte über meine Fortschritte, über das Lob, das ich ihrer Kunst zollte, über die Liebe und Verehrung, die ich ihr entgegenbrachte. Gelacht hat sie, stellen Sie sich das vor, einfach gelacht, laut herausgelacht, ein dröhnendes, ein verächtliches Lachen. Ich bat sie aufzuhören, doch sie lachte nur lauter, schallender, ja sie krümmte sich vor Lachen, ihr ganzer Körper bebte, ein beissendes bösartiges Lachen, das mich durchdrang, immer tiefer, dem ich nicht Einhalt gebieten konnte, das mich zur Verzweiflung brachte, verstehen Sie, zur Verzweiflung, verstehen Sie doch. Ich schrie – und sie lachte noch immer, als könne sie nicht mehr aufhören, nie mehr aufhören zu lachen.
Ich nahm das Messer, stiess zu, einmal, zweimal, dreimal, stiess und stiess ...

So, mein Herr, so ist es gewesen, so und nicht anders.

LENOS VERLAG

URS FAES
WEB-FEHLER

LENOS

Roman
254 S., geb., Fr. 26.–/DM 28.–

„Ein heikles Thema: ein Scheitern wäre denkbar, etwa durch eine allzu dramatische, psychodramatische Gestaltung der Sucht. Urs Faes bleibt auch hier, gerade hier, leise, zurückhaltend, lässt den Krankheitsprozess im geheimen ablaufen, entzieht ihn der Wahrnehmung der Umgebung, auch derjenigen der Leser, überrascht sie mit dem Fait accompli eines unerwarteten Zusammenbruchs; dies alles übrigens durchaus der Realität entsprechend."

(Elsbeth Pulver, NZZ)

„Funktionieren, Nicht-aus-der-Rolle-Fallen als Lernziel unserer Gesellschaft und die vergebliche, verzweifelte Auflehnung dagegen – das liesse sich als heimliches Thema des Buches bezeichnen. Kann sein, dass auch der Rollentausch des Autors in diesem Licht zu sehen ist. Er hat sich schreibend auf fremdes Terrain begeben, um offen zu bleiben für die Möglichkeiten seiner eigenen Existenz."

(Klara Obermüller, Weltwoche)

„Von der Distanz des Autors Urs Faes war die Rede; es müsste auch von der Einfühlung gesprochen werden, welche die Perspektive der zwei Frauen erst glaubhaft werden lässt. Er ist es am Ende auch, der ihre Erfahrungen und Beobachtungen mit den verschiedenen zeitlichen Ebenen assoziativer Rückblenden und Reminiszenzen, Reflexionen zum dichten Textgewebe verflicht, ohne dass die Lesbarkeit unter der Komplexität litte."

(Uli Däster, Aargauer Tagblatt)